徳 間 文 庫

警察庁ノマド調査官 朝倉真冬

米沢ベニバナ殺人事件

鳴 神 響 一

徳 間 書 店

目次

プロローグ

どこか遠くで蛙《かえる》が鳴いている。

その声を野々村吉春《ののむらよしはる》は静かに聞いていた。

上杉謙信と武田信玄の一騎打ちで名高い松川河原《まつかわかわら》の「川中島合戦」は三日に終わった。五日には上杉神社の例大祭も終わって、ふだんの静かな米沢の町に戻っていた。

この境内にも誰の姿も見られない。

お堀の土塁に咲く白ツツジが夜目にも華やかだ。

甘くやわらかい芳香に、こころが騒ぐのが常だった。

だが、今夜の吉春の胸には馥郁《ふくいく》たるツツジの香りも少しも響かなかった。

悩みはあまりにも大きかった。

相手に自分の思いが伝わることを吉春は祈った。

「天の時　地の利　人の和か」

米沢城趾《よねざわじょうし》の上杉神社境内のあずまやのベンチに座った吉春はつぶやいた。

直江兼続《なおえかねつぐ》公が座右の銘のように考えておられたこの三つの言葉を、吉春もまた大切に考えて生きてきた。

勇気を持って捨てるべきものは捨てたことにより、天の時は何度も得ることができたと思う。米沢は、あらゆる意味で地の利を得た愛する故郷だ。

問題は人の和だった。

人の和を尊んで生きてきたつもりだった。

己がためより人のためと思ってきた。まさかそれが徒《いたずら》になるとは思いもしなかった……。

背後から足音が近づいてきた。

振り向こうとした吉春は、後頭部に大きな衝撃を感じた。

目の前で火花が炸裂し、鼻の奥を金臭いものが満たした。

瞬間、なにが起きたのかわからなかった。

痛みはなかった。

目を開けているのに視界がさーっと暗くなってゆく。

なにも見えない。

さっきまで見えていたお堀に揺れる灯《あか》りも消えてしまった。
なぜいきなり暗闇が自分を包んだのか、吉春は不思議でならなかった。
どこか遠くで蛙が鳴いている。
その声を聞くものはもう誰もいない。

第一章　上杉の城下町

1

「うそ……」

米沢駅のホームに降り立った朝倉《あさくら》真冬《まふゆ》は驚いた。

頬をなでる風が冷たい。

だが、驚いたのはそのことではない。

いまごろの金沢だって、このくらいの冷たい空気のなかにある。

真冬が驚いたのは、ホームのＬＥＤ発車案内板だった。

つばさ八四号東京行きが一三時二三分に一番線から発車すると表示してある。

たったいま、新庄行きつばさ一三五号が一三時七分に到着したのはこの一番線ホームである。

ほかの案内表示を見ると、新幹線は一番線だけに停車するらしい。

福島駅から高架線路を降りた後の車窓風景も実にのどかだったが、単線区間はほんの一部だった。

まさか、米沢駅では上りも下りも同じホームから新幹線が出発するとは思ってもいなかった。

山形と秋田のミニ新幹線が法律上は在来線であることは知っていたが、駅もまた在来線並みだ。

ホーム内の案内表示を見ると、二、三番線は奥羽《おうう》本線（山形線）のホームと書かれている。

「へぇ、この先にもホームがあるの？」

新幹線ホーム一番線の山形方向が終わったところからさらに別のホームがあった。新潟県の坂町《さかまち》に向かう米坂線《よねさかせん》が発着する四番線だ。この構造も変わっている。

真冬が新幹線ホームを端までだらだらと歩いてゆくと、その先の右側にアイボリーと緑に塗り分けられたディーゼルカーが停車しているのが見えた。

ホームから一本離れたレールの上なので、出発待ちの列車ではないようだ。

米沢市は人口が八万人弱なので、東京なら真冬が住んでいる国立市《くにたち》と同じくらいだ。

そう考えればホームは中央線の国立駅よりは立派かもしれない。

ザックから一眼レフカメラを取り出して、真冬はホームのあちこちを写真に撮った。

事件とは直接には関係がなさそうだが、変わった構造のホームだし、新幹線ホームのシンプルさに惹《ひ》かれたためだ。

ホーム中ほどには黒牛の像が置かれていた。

体長が真冬の身長の倍くらいもありそうな巨大な牛だった。

紺地に白抜きで「米沢牛」と堂々と記してある。

三大和牛と聞いたことがある。上杉の城下町、米沢は牛肉の街でもあるのだろう。

写真を撮っているうちに同じ新幹線に乗っていた十数人の降車客は誰もいなくなってしまった。

真冬は足早に改札口へと向かった。

「だちゃかん!」

思わず金沢弁でダメだという言葉が出た。

一列の自動改札機はある。

だが、センサーしかなく、紙の切符を入れるところがどこにもない。

いまは関係ないが、Ｓｕｉｃａも使用できないと書いてある。

これは「新幹線ｅチケットサービス」「タッチでGo！新幹線」用の改札機なのだ。

クレジットカードを紐付けするのがいやなので、真冬はそういったキャッシュレス機能をスマホやＳｕｉｃａに持たせていない。

真冬は右手に切符を持ったまま、どうしていいかわからずにとまどっていた。

買い物カートを携《たずさ》えたひとりの老女が、コンコース側から近づいてきた。

「あそごさ行げ」

老女はにこにこしながら、右端の有人改札口を指さした。

「ありがとうございます」

真冬は頭を下げて有人改札口に進んだ。

ところが、窓口に駅員の姿がない。

自動改札機もこちらも行く手をさえぎる扉などないので、このまま出ることもできる。が、ちょっと気が引ける。

「すみませーん」

真冬は開いている窓から事務室へ向かって声を張り上げた。

「あ、下りのつばさのお客さんですね」

すぐに事務の奥から駅員が出てきた。

「ホームで写真を撮ってたんで、出るのが遅くなっちゃって」

言い訳しながら真冬はキップを渡した。

そばに「一三時一五分改札開始」と張り紙が出ている。要するに改札時刻が終わってしまったのだろう。

都心では考えられないが、列車の発着時刻に合わせてその前後だけに駅員が改札をする駅は、金沢市周辺にも存在する。

コンコースへと出た。

右手にはみどりの窓口があり、左手には待合室と土産物コーナーがある。

二階の土産物店へは、らせん階段で上がる造りになっている。

このあたりは観光地としての米沢らしい。

駅の外に出ると、雲ひとつない秋晴れの空が真冬を迎えてくれた。

東京も晴れていたが、空の色が少し濃いような気がする。

ロータリーがひろがってバスとタクシー乗り場が目立つ。

何台も駐《と》められるコインパーキングがロータリーの左右にあった。

高いビルは左手のマンションくらいしか見あたらなかった。

都市の規模のわりにはガランとした駅前だった。

真冬はタクシー乗り場へと向かった。

新幹線内で東京駅で買ったチキン弁当を食べてきたので、すぐに調査開始だ。

目指す米沢城趾は、駅から二キロほどの地点だ。歩けないことはないが、時間がもったいない。と言うよりも、真冬は早く事件の起きた現場《げんじょう》を見てみたかった。

「どちらまで」

振り返って聞いたのは、六〇歳前後の女性の運転手だった。

黒い髪をひっつめにした品のよい顔立ちの女性だ。なんとなくご老女さまというイメージを受けたのは、米沢が上杉氏の城下町であることからくる先入観に基づくのだろう。

「あの……米沢城址にお願いしたいんですけど」

今回、明智光興《あけちみつおき》審議官から命ぜられたのは、五月七日夜に米沢城趾で発生した未解決殺人事件を調査し、山形県警と米沢丸の内署の腐敗を暴くことにあった。

明智警視監は警察庁長官官房審議官（刑事局担当）の職にある。事実上の刑事局次長相当職である。

真冬はすでに半年、明智審議官からの命令により、警察庁地方特別調査官としての職務を遂行している。

米沢に調査に行くようにとの命令を受けたのは一昨日のことだった。ふだんの書類のみによる調査のほかに旅支度もあり、米沢のことを詳しく調べるいとまはなかった。

今朝も本庁に寄って残っている仕事を片づけてから東京駅へ急いだ。

「えーと、博物館のところですか」

とまどいがちに運転手は訊《き》いた。

事前に調べたところでは、米沢城趾には四方向の入口がある。

「あ、正面の入口にお願いします」

博物館は大手門があった正面方向に位置するはずだ。

「じゃあ、博物館のところまでお送りします。違ってたらあちらで言ってください」

運転手はクルマをスタートさせた。

「お客さん、観光ですか」

前方を見たまま、運転手はやわらかい声で尋ねた。

「いえ、ちょっと仕事の関係で……米沢って上杉氏の城下町で有名ですけど、ほかにはどんなことで知られていますか」

詳しい話をしたくない真冬は話題を変えた。

「やっぱり、上杉さまですよね。ほかは……いまは米沢牛かしらね。お客さんはそっちのお仕事ですか」

「いえ……そうではないんですけど。あとはなんでしょう？」

真冬は問いを重ねた。

「もともとは織物の街として全国的に知られていたんですよ」

「わたしも米沢織って聞いたことあります」

真冬は持っていないが、いつぞや友人がシルクのストールを身につけていたことがある。

「米織《よねおり》は、いまは伝統工芸という感じで受けとる人が多いんですね。でも、むかしは繊維の街、米沢だったんです。和服だけじゃなくて洋服もですし、それ以外にもふだん使いの繊維製品がたくさん作られていたんです」

「そうなんですか」

「わたしが子どもの頃は、街中に朝から晩まで機織《はたお》りの音が響いていたんですよ」

なつかしそうな声を出した。

想像してみると、なかなか風情のある話だ。

「いつ頃のお話ですか」

「そうですね、昭和四〇年代までそんな風でしたね。なんせ織物会社が四〇〇社もあったんですから」

「そんなにたくさん！」

真冬は驚きの声を上げた。

なるほど半世紀のむかしは機織りの街、米沢であったのか。

あたりは住宅や商店、病院などが続いていて、機織り工場らしきものは見あたらない。

「帝人って会社がありますよね」

運転手の言葉に真冬は一瞬反応できなかった。

「日本有数の化学メーカーですよね」

たしかアラミド繊維やカーボン繊維などを供給している大メーカーのはずだ。医薬品なども作っているのではないだろうか。

「わたしの若い頃はおもに洋服の化学繊維を作るメーカーとして知られていました。東洋レーヨンと共同で作っているテトロンって化学繊維が有名です。現在は大阪や東京に本社があると思います」

「テトロンって聞いたことがあります」

古くから存在するポリエステル繊維だったような気がする。

「でも、もともとは米沢で始まった人絹《じんけん》メーカーなんですよ」

「人絹ってなんですか」

初めて聞いた言葉だった。

「人造絹糸《じんぞうけんし》のことです。帝人は大正時代にこの街で東工業米沢人造絹糸製造所という会社としてスタートしました。いまでいうレーヨンを作っていたんです。昭和金融恐慌の頃に大阪の船場《せんば》という繊維の中心地に移転したそうです。米沢市内の舘山《たてやま》公園に帝人が建てた『人織工業発祥之地』という石碑があって、ときどき帝人の方も訪ねることがあるそうです」

運転手はさらさらと説明した。

「お詳しいですね」

真冬が尋ねると、運転手はちいさく笑った。

「わたしも以前は繊維関係の仕事をしていたものですから……。でも、繊維産業自体がすっかり斜陽になってしまいましたからね。いまは火が消えたようです。織物会社も十分の一くらいに減ってしまったんです。ちいさな機織り工場はすっかり消えてしまいましたしね」

淋しげな声で運転手は言った。

「そんな工場はいまはどうなってますか」

「経営者さんは土地持ちの方が多かったので、たいていはアパートになっちゃってますね」

運転手は力なく笑った。

「少し淋しいお話ですね」

「とは言え、米織が米沢市の基幹産業のひとつであることは変わらないのです」

気を取り直したように運転手は言った。

途中、街区のなかを直角に二回ほど曲がって西へ進むと、左の車窓に米織会館という古風な建物があった。

「あちらは米織会館とありますが」

「米織の業者さんたちの組合でやっている施設です。大正一一年に米織組合会館として建てられたものです。現在は、おもに観光客向けに米織の製法や歴史などを紹介しています。売店もあります」

さらに進むと同じ車窓から洋風の素敵な玄関を持った学校が見えた。

「いい雰囲気の学校ですね」

「九里学園高校です。昭和一〇年に建てられた洋風建築で、あの玄関をはじめ建物の一部は国の登録有形文化財になっているんですよ。わたしが卒業した頃は米沢女子高校でしたが、一九九九年から共学校になって名前も変わりました」

運転手は楽しそうに説明した。

「こちらの卒業生なんですか」

「ええ、一九〇一年に九里裁縫女学校として設立されたんで、歴史は古いんです」

運転手は誇らしげに言った。

こうした古い建物が残っているところは、歴史ある城下町にふさわしい。

真冬は金沢市郊外の育ちである。

ふるさと金沢は名にし負う加賀百万石の城下町であり、数多くの古い建物が残っている。また、真冬を育ててくれた祖母の朝倉光華《あさくらこうか》が人生を賭けている九谷焼《くたにやき》をはじめ加賀友禅《かがゆうぜん》や山中塗《やまなかぬり》、輪島塗《わじまぬり》などたくさんの文化を持つ。

ここ米沢にも古い建物や米織という文化が根づいていた。

「古い建物が残っているんですね」

素直な感慨を真冬は口にした。

「でもね、みんな昭和期以降の建物なんですよ。米沢は大正六年と八年の二度の大火で市街地がすっかり燃えてしまったんです。だから、それ以前の城下町のたたずまいはなにも残っていないんです。いちばん古い建物でも一〇〇年ってとこですね。これからいらっしゃる上杉神社は明治四年に創建されたんですが、やっぱり燃えちゃって大正一二年に再建されたんですよ。幸いにも米沢は空襲の被害を受けていないんですけどね」

運転手はさらっと言った。

金沢には武家屋敷や東《ひがし》の郭《くるわ》という遊郭跡などいくつもの江戸時代の遺構がある。その意味では大火に遭った米沢は残念だ。

一〇分もしないうちにタクシーは大きな交差点に出た。

「駐める場所がないんで、そこのコンビニでよろしいですか」

交差点左手のコンビニに運転手はクルマを乗り入れた。

「ありがとうございました。米織のお話はおもしろかったです」

支払いをしながら真冬は礼を言った。

「おしょうしな」

運転手は笑顔で謎の答えを返してきた。

文脈から察するに「ありがとう」か「どういたしまして」だろう。

クルマを降りると、タクシーはもと来た方向へと走り去った。

道路の向こうは芝生の多い公園のような場所だ。

その左手にはかなり大きな近代建築がある。

スマホのマップで調べると、伝国《でんこく》の杜《もり》（米沢市上杉博物館・置賜《おきたま》文化ホール）とある。

芝生の丘を挟んで右手には、グレーの屋根のレストランのような建物が見えた。

こちらは上杉城史苑との名称が付されている。もののしい名前だが、実際に見る限りでは観光施設のようだ。

伝国の杜や上杉城史苑のエリアと本丸跡の上杉神社のエリアを合わせて全体を松《まつ》が岬《さき》公園と称しているらしい。

真冬は横断歩道を渡って、松が岬公園に足を踏み入れた。

上杉城史苑は外から見ると、カフェやレストラン、土産物店などの複合施設だ。

目的の殺害現場へは、この上杉城史苑の左脇に延びた舗装された道を進む。

じゅうぶんな道幅があるが、入口に車止めが設けられて徒歩路となっている。

途中の案内板を見ると、まっすぐに上杉神社へ続く道だ。この奥にある内堀に囲まれた正方形に近いエリアが本丸の跡で上杉神社となっている。

その一画で事件は起きた。

観光客は多くはなく、子どもを連れて遊びに来ている市民らしき家族連れが目立つ。

いま歩いているところは米沢城の二の丸だったようだが、現在はその名残《なごり》は感じられない。

左手はずっと芝生の公園だし、右手の上杉城史苑を過ぎると松岬神社《まつがさきじんじゃ》の森が現れた。

この神社は、奥の上杉神社に上杉謙信とともに祀《まつ》られていた上杉鷹山《ようざん》を明治時代に分祀《ぶんし》したものだそうだ。

鷹山と号する上杉治憲《はるのり》は米沢藩の九代藩主である。江戸中期から後期に掛けて米沢藩政改革を行った名君として知られる。と、木々に囲まれて立つ銅像横の案内板に記してあった。

いくつかの銅像や石碑が現れたが、城跡らしい遺構は見受けられなかった。

森を抜けたところに車道が横切っていた。センターラインもある幅の広い車道であった。

車道の向こうには堀が延びていて、岸に沿ってずっと桜の木が植えられていた。

真冬はあらためてマップを見た。

内堀のまわりをぐるりと取り巻いている一般道で、この道の内側の四角いエリアが本丸つまり上杉神社ということになる。

現在の交通量はまったくなく、がらんとした雰囲気だ。

ひとりの若い男が車道のまん中でスケートボードで遊んでいるくらいだった。

内堀の向こうには、左右に大きな石灯籠が設《しつら》えられている。

その向こうには鳥居と拝殿も見えている。

だが、城門や城の建物の遺構などは一切残っていない。

真冬はあっけにとられた。

堅固な石川門から入る壮麗な金沢城とはあまりにも違う。

櫓《やぐら》の遺構も見あたらないし、全体の規模もはるかに小さい。

真冬は歴史には詳しくないが、上杉家は加賀の前田《まえだ》家よりずっと大きな大名だった時期もあるはずだ。

東国に覇を唱え、織田信長《おだのぶなが》さえ恐れた上杉氏の居城跡としては淋しすぎる。

とは言え、深い緑の水をたたえる堀に紅く染まった桜の葉が映る姿は美しい。

どこかわびた魅力のある城趾だった。

真冬は石畳の横断歩道を越えて本丸内、つまり上杉神社の境内に足を踏み入れた。

少なくとも東側の正面から犯行現場の境内への出入りにはなんの制限もない。門も塀もなく、自動車道路からどんな時間でも自由に出入りできる。

舞鶴橋《まいづるばし》という古い石橋の向こう側には、白地に黒々と達筆の文字を書いた正方形の旗が参道脇の左右に翻《ひるがえ》っている。右は「毘」だ。左の文字が読めない。

ちょっとググってみると、左は懸かり乱れ龍、つまり「龍」という文字だそうだ。上杉家の軍旗で「毘」は毘沙門天《びしゃもんてん》を「龍」は不動明王を表しているとのことだった。天才的な戦術と圧倒的な戦績から軍神とも崇められた上杉謙信にふさわしい旗だ。

キャラメルにも似た香しい木々の香りを乗せた風が吹きわたる内堀を、真冬はゆっくりと渡った。

風が出てきたのか、水面にさざ波ができている。

被害者の遺体は目の前の堀に浮かんでいたのだ。

野々村吉春という六五歳の会社経営者が何者かによって頭部を殴られて殺害された。

明智審議官から得ている捜査情報では「舞鶴橋の右手一〇メートル前後、本丸寄り五メートル前後の地点で発見」となっている。

五月八日の夜明け過ぎ、午前五時七分に一一〇番通報があった。

通報者はお堀端の道を朝ランしていた近所の住民であった。

被害者は頭部をつよく殴打されており、水に入る前に脳挫傷で絶命していたものと推察されている。溺死体は沈むが、そうでない死体は肺に空気が入っているために浮いていることがほとんどである。

いまは数匹の錦鯉が泳いでいる静かな水面に過ぎない。

橋の右手に視線を移した真冬は、肩から提げている一眼レフカメラで周辺も含めて何枚かの写真を撮った。

一眼レフカメラは、後でPCでチェックするときに、スマホと比べてはるかに細かいところが写る。真冬の調査には欠かせないアイテムだった。

内堀の対岸のゆるい斜面には植え込みが続き、その背後には桜の木が並んでいる。調べてみると、この植え込みは白ツツジだそうだ。

つまり本丸には石垣がなく、土塁で囲まれているのだ。

橋を渡るといよいよ本丸、すなわち上杉神社の境内だ。

殺人現場に近づいた真冬の身体に緊張が走った。

橋を渡ってすぐの右側に小道が分かれている。

小道の奥には上杉謙信の銅像が見えている。

落ち葉の多い小道を、真冬は座像へと歩み寄っていった。

甲冑《かっちゅう》を着けて烏帽子形《えぼしがた》の頭巾《ずきん》をかぶり、左手には太刀を右手には采配を持った雄々しい姿だ。武田信玄と戦った有名な川中島合戦のときの姿だと言われている。

だが、用があるのは上杉謙信ではない。

真冬は座像を通り過ぎて、後ろに見えるあずまやへと歩みを進めた。

殺害現場はこのあずまやと考えられている。

真冬はあずまやの内部へと入った。

丸木を模したコンクリート製で、茶色く塗装されている。

中には円形のテーブルがあり、二箇所のベンチはそれぞれ三人くらいずつ座れそうだ。

事件が起きたのは、今年五月七日の夜。司法解剖の結果から八時半前後一時間くらいと推定されていている。

目撃者はひとりも見つかっていない。

この場所で殺害されたと推測されているのは、すぐそばの植え込みから被害者が斜面を堀へ転がり落ちた形跡が残っていたからである。

真冬はあずま屋の右手に目をやった。

あずまやと同じような意匠の丸木を模したコンクリートの転落防止柵が左右に続い

ている。

被害者が殴られた勢いで柵の向こうへ飛び出して斜面を転がり落ちたものに違いない。

斜面が始まる際に、堂々としたナラガシワの大木が黄色く染まった葉を大きくひろげている。

捜査資料にナラガシワの木から左側数十センチの地点と書いてあるのでこのあたりだろう。

目を凝《こ》らしてよく見ると、ツツジの植え込みの一部の枝が折れているのがわかった。

被害者が堀へ転落した場所であることは明白だ。

咲き始めの白ツツジが血で染まっていた、と捜査資料にある。

すぐ近くに街灯があるので、夜間でもある程度の明るさは確保されているはずだ。

真冬はあずまやと転落地点の写真を何枚か撮った。

成傷器《せいしょうき》は鈍器であると推定されている。遺体の後頭部には直径一一センチ程度の陥没骨折痕がみられた。これはハンマーなどの鈍器による頭蓋冠《とうがいかん》への激しい打撃を受けたために生じたものと考えられた。一度の打撃によって頭蓋骨の破片や骨片が陥没して脳組織に重度の挫創や裂創を受けた。これが被害者の死因となったのである。

殺害方法から見て犯人は最初から殺すつもりで被害者を殴ったと考えられた。迷いなく一度の打撃で被害者に致命傷を与えているからである。

凶器は見つかっていない。

殺害時に堀に放り込んだものか、それとも犯人が持ち帰ったものなのかは判明していない。

県警機動隊潜水部隊のダイバーを、内堀に潜らせて凶器を探すような徹底的な捜査は行われてはいなかった。

たしかに大がかりな捜索にはなるはずだから、刑事部から警備部への依頼を嫌ったのかもしれない。縦割りの警察組織の弊害というべきか、刑事部と警備部の連携はあまり円滑とはいえない。だが、凶器の特定は重要だ。このあたりにも今回の捜査本部の怠慢《たいまん》さが感じられる。

真冬は対岸へと目をやった。

正面には先ほど通ってきた松岬神社の本殿が鎮座している。用意してきたレーザー距離計で測ると七五メートルほどだ。

一〇〇メートルまで計測可能なレーザー距離計は、掌に載るコンパクトなサイズで一二〇グラムほどと軽量だ。単四アルカリ電池二本で動作し一万円ちょっとで買えた。

左手は白い壁の比較的大きな建物が見える。まいづる幼稚園の体育館である。

こちらも測ってみると本殿と同じくらいの距離だが、神社と幼稚園の体育館では対岸からの夜間の目撃者は期待できない。夜は誰もいない可能性が高い。

右手の同じくらいの距離にはさっきすぐ横を通ってきた芝生の広場がひろがっている。その右は伝国の杜の博物館とホールである。広場には夜間は人がいそうもないし、伝国の杜は遠すぎる。いずれも目撃者は期待できない。

あらためて気づいたのだが、少なくとも舞鶴橋からここまでの間に防犯カメラは一台も存在しなかった。

反対方向へ振り返ると、ベージュ色の壁を持った二階建てのホテルのような建物がある。

ことに二階は大きなガラスの出窓がいくつも並んでいる。

こちらからの目撃者はいなかったのだろうか。

現場との距離は二〇メートルほどしかない。あるいは被害者が堀に落ちたときの水音も聞こえる場所かもしれない。

真冬はさっそく建物へと近づいていった。

入口の手前左右にはたくさんののぼりが微風に揺れている。

米沢牛と染め抜いたのぼりや、「かねたん」という兜《かぶと》をかぶったアスキーアートっぽいイラストののぼり、さらには「おしょうしなガイド」と記されたのぼりもあった。のぼりから察したとおり、入口のゲートには観光案内所とある。

レンタサイクルを貸し出しているらしく、ずらりと自転車が並んでいた。

たくさんの鳩がまとわりつくように真冬に近づいてきたが、無視して真冬は期待を持って建物に入っていった。

2

建物の大きさに比べて、観光案内所の内部は狭かった。

米沢市内と周辺部の説明パネルなどが展示してあるが、ほかの部分は別の用途に使われているだろう。

「いらっしゃいませ」

受付から制服姿の若い女性が声を掛けてきた。

真冬はかるく頭を下げて室内の展示を見ているフリをした。

たくさんのパンフレットが置いてあり、「かねたん」のキーホルダーなどや鳩の餌、鯉の餌も売っている。御城印も販売しているらしい。

係の女性は真冬より少し年上くらいの作務衣《さむえ》姿の男性と雑談をしている。

真冬はとりあえず女性に話を聞くことにした。

「すみません」

声を掛けると、雑談していた男性は受付をさっと離れて部屋の隅に移動した。

作務衣姿の男性は地元の人らしい。受付の女性の本来の業務である観光客への対応を邪魔しないように配慮したのだろう。

「かねたんってキャラ、かわいいですね」

真冬はとりあえず差し障りのない話を選んだ。

「ありがとうございます。かねたんは米沢市の直江兼続マスコットキャラクターです。全国に公募して審査の結果決まりました。忠義の象徴としての犬がモチーフのゆるキャラなんです」

女性はニコッと笑って答えた。

「直江兼続ですか……」

うろ覚えの武将の名を真冬はなぞった。

「米沢藩の御家老で、謙信公の急死後上杉家を継いだ御養子の景勝公《かげかつ》を助けた名将です。関ヶ原で西軍に属して敗軍となってしまった御家を存続させ大きな功績を挙げたお方です。二〇〇九年のNHK大河ドラマ『天地人』の主役です。原作は同名の故火《ひ》坂雅志《さかまさし》先生原作の小説で、妻夫木《つまぶき》聡《さとし》さんが演じました」

淡々と女性は説明した。

「そうでした。有名な方ですよね」

ちょっとあわてて真冬は答えた。米沢を代表する人物のひとりを知らないのでは失礼だ。

真冬はテレビをあまり見ないが、『天地人』は知っていた。その頃は京都大学の法学部生であり、国家公務員試験も目指していたので旅行以外は勉強一途だった。

そう言えば最近の大河ドラマ『真田丸』では景勝を遠藤《えんどう》憲一《けんいち》が、兼続を村上《むらかみ》新悟《しんご》が演じていたのではなかったか。警察庁に入ってからはさらに忙しく、大河ドラマを見続けるようなゆとりはなかった。

「はい、すぐそこにも『天地人』の上杉景勝公と直江兼続の主従像がございます」

女性は出入口の外を指さした。

「わたし上杉謙信座像のほうから来ちゃいましたので」

天地人の主従像を見た覚えはなかった。

「そうでしたか。当館の入口にも直江兼続の彩色座像が飾ってありますので、あとでご覧頂ければと思います」

にこやかな顔で女性は言葉に力を込めた。

その座像も見ていないが、直江兼続に対する地元の熱意が感じられた。

「わかりました。米沢の歴史上の有名人って言えば、その人たちですよね」

米沢については圧倒的に勉強不足だ。

「まずは謙信公、景勝公と直江兼続、九代藩主の鷹山公でしょうね。すべてこちらの上杉神社内に銅像などがございます」

ちょっと胸を張って女性は答えた。

「こちらでは、おしょうしなガイドというガイドさんもいらっしゃるんですか」

真冬はのぼりにあった言葉について訊いてみた。

「はい、ボランティアガイドの皆さんです。松が岬公園を中心に無料案内をしています。四〇分から一時間のガイドとなっていますが、ちょっといま皆さん出払っちゃっていますね。ご予約頂けばそのお時間にお待ちしていることもできますが」

女性は親切な口調で言った。

「案内時間は何時までですか」

「午前一〇時から午後三時までです」

事件の発生時刻にはほど遠い。

ガイドのなかに、事件を目撃した者はいないはずだ。

「ちょっとその時間だと無理かもしれません……ところで、おしょうしなってどういう意味なんですか」

「こちらの言葉で『ありがとう』という意味です。相手のしてくれたことに対して、『どういたしまして。たいしたことではありません』というニュアンスがつよいですね」

やはりそうだったのか。真冬の想像は当たっていた。

「タクシーの運転手さんが、わたしが降りるときに言ってました。おしょうしなって言葉の響きがかわいいですね」

金沢では「あんやと」あるいは「あんやとねー」だ。あまりかわいくない。

「ありがとうございます。米沢の方言のうちでは、いまでもふつうに使われる言葉ですね」

女性は嬉《うれ》しそうに答えた。

「あの……こちらの二階はなんの施設なんですか」

真冬は肝心の質問に移った。

「はい、コンベンションホールです。イベントなどに使っております」

女性はさらっと答えた。

なるほど大きな窓は、イベントホールにふさわしい造りだ。

「ふだんは、どんな用途で使っているんですか」

真冬は問いを重ねた。

「イベントがあるとき以外はとくに使っていません」

きっぱりと女性は言い切った。

「今年の五月七日はどうでしたか？」

怪しまれるとは思ったが、この答えは知りたかった。

「え？　来年のことではなくてですか」

けげんそのものの顔で女性は訊き返した。

「はい、今年の五月七日です」

女性の顔を見つめながら真冬は言った。

「ちょっとお待ちください」

女性は奥のスペースに引っ込んだ。

「今年の五月七日はなんのイベントも入っていませんでしたね。ゴールデンウィーク明けですし、上杉祭りも松岬神社の例大祭も終わってましたから」

記録を調べてきたのか、すぐに戻ってきた女性は不思議そうな顔で答えた。

「すると、夜はこの建物に誰もいなかったんですね」

怪しまれるのを承知で真冬は質問を重ねた。

「ええ、うちは午前九時から午後五時までなんです……もしかして、あの事件のことですか」

さすがに女性は事件を知っているようだ。

不審そのものの顔で訊いてきた。

「そうそう、テレビで見ましたけど、五月にここのお堀で殺人事件があったんですってね」

真冬はさらっと訊いてみた。

「あ、そうなんですけど……」

失言をしたというような表情が女性に浮かんだ。

「なにかご存じのことがあるんですか」

畳みかけるように真冬は訊いた。

「いえ、わたしは詳しいことは知りません。ただ、公園内のことなんで、観光案内所としてはあんまり話題になってほしくないんです」

几帳面な口調で女性は答えた。真冬は彼女の目をじっと見たが、隠しごとをしているようには見えなかった。彼女から情報を得ることはできないだろう。

「たしかに、あんまり観光向きの話題じゃないですね」

真冬は冗談っぽく答えを返した。

「すみません、つい、変なことを言っちゃって」

女性は気まずそうな顔つきで答えた。

「お時間を頂いて恐縮です。ありがとうございました」

真冬は丁重に頭を下げて受付を離れた。

「おしょうしな。また、ご利用ください」

建物を出るところで、女性の声が聞こえた。

真冬は観光案内所が入っている建物をあらためてチェックした。

防犯カメラは設けられていない。

建物の外観を何枚かカメラに収めると、真冬はきびすを返して歩き始めた。

「ちょっと待って！」

叱責するようなトゲのある声が背後から響いた。

立ち止まって振り返ると、さっき受付で女性と話していた男性が険《けわ》しい顔つきで立っていた。

「わたしですか？」

とりあえず真冬は相手の出方を見てみようと思った。

「あなた、なんで今年の五月七日のことを調べてるんですか」

男は腕組みして真冬を見据えた。

左右の瞳は不審感にあふれている。

「それは……」

もう少しようすを見てみようと真冬は思った。

「五月七日にそこのあずまやで人が殺されたんです。あなた、そのことを知ってますよね」

ますます険しい顔で男は訊いた。

黙っていると、男は厳しい声で問い詰めた。

「だって、案内所でホールでイベントがあったかどうかなんて訊いてたじゃないですか。それにコンベンションホールの写真を何枚も撮っていた。どういうことですか」

真冬は男の顔をしっかりと見た。

藍染《あいぞ》めの作務衣を着ているが、髪は長めで僧侶とは見えない。

工芸家といった雰囲気だ。祖母の陶房でも弟子たちは作務衣を身につけている。

鼻筋の通った知的で意志の強そうな顔立ちの男だ。

両の目は澄んでいる。

事件について並々ならぬ関心を持っているらしい。

この男からなにかを聞き出すことができるかもしれない。

調査官としての真冬の仕事は、現地で事件についての知識を持っている人間と出会うことが第一歩となる。

今回の事件では、米沢城趾からそう遠くない米沢丸の内署に捜査本部が立っている。

毎回、同じことだが、米沢丸の内署にいきなり足を運ぶのはまずい。

いったい誰が敵、つまり任務懈怠《けたい》や不正に関わっている人間であるかはわからないからだ。

下手に接触すれば、今後の調査に支障を来す。

事件についてなんらかの情報を持っている人間から話を聞き出してゆく。

そうしているうちに、敵が動き出すこともあり得る。

いわば外堀からせめてゆくしかないのだ。

いつも事件へのアプローチには苦労するのが、この仕事の定めだ。

現場観察の次には、被害者が経営していた野々村開発を訪ねるつもりだった。

事業の関連からなにかしらの情報を得たいと思っていた。

男の語気は激しい。

事件について関わりがあるとしか思えない。

怪しまれるのを承知で、観光案内所の女性に事件の話を訊いたり、周囲のチェックをしていた甲斐はあった。さっそく事件について関心のある人間が食いついてきてくれた。

「わたし、朝倉真冬と申します。ライターなんです」

真冬はポケットから名刺入れを取り出して一枚を抜いた。

氏名のほかにはライターという肩書きと携帯番号、メアドだけを載せている。

男は名刺を受けとってしげしげと眺めた。

「そうか、ライターさんなんですか」

顔を上げた男の声がやわらいだ。

どこまで話すべきか。真冬は迷った。

「はい、いくつかの雑誌で仕事をしています。《旅のノート》と《トラベラーズ・マガジン》がメインです」

真冬はいつもの雑誌名を口にした。

この二社については、警察庁から契約ライターとして朝倉真冬の名前を登録することを依頼済みだ。

第三者から照会があった場合に、自分の社と契約しているフリーライターだと答えてもらえる手はずになっている。むろん、雑誌社に対しては、真冬の職責などについては一切伝えてはいなかった。

「聞いたことのある旅行雑誌ですね。でも、事件とどんな関係が？」

しごくもっともな質問だ。

男の不審そうな表情は消えない。

「今回は観光を含めた米沢全体の取材なんです。ですが、ウェブに今年の五月七日の夜にこの上杉神社境内で起きた事件のことも書くことになりそうなんです」

真冬はあいまいな答えを返した。

事件のことだけを取材すると言ってしまうと、今後の動きが取れなくなってしまうおそれがある。

「そうだったんですか」

男はかるい驚きの声を上げた。

「ウェブ媒体のお仕事では、事件追及ものは人気があるんです」

事実、ウェブでは事件ものの記事はあふれている。

「あの事件がそんなに注目されているとは思いませんでした」

いくらか納得したように男は言った。

「全国でも未解決殺人事件は、そう多くはありませんから」

これもまた事実だった。

「なるほどねぇ。たしかにそうした記事をネットでよく見ますね」

男はしきりと感心しているようだった。

「解決の糸口となるような事実が見つかればと思って調べているんです」

熱を込めて真冬は言った。

この言葉にウソはない。

「それで、案内所の彼女にいろいろと訊いていたんですね」

納得がいったように男はうなずいた。

「ええ……でも、わかったことはこちらの施設から夜間は人目がなさそうだということだけでした」

　真冬はさらっと答えた。

「こちらだけではないんです。上杉神社は夜間はまるで人がいません。上杉城史苑も午後五時には閉まるので、夜間は松が岬公園全体にほとんど人気《ひとけ》がありません」

　男はきっぱりと言い切った。

「やっぱりそうなんですね」

　予想していたとおりだった。

「桜の開花期なら別なんです。夜間でも桜見物の人がいますから。でも、今年は開花が四月九日で満開は一七日頃でした。五月七日はすっかり散っていましたからね」

　いくぶん渋い顔で男は言った。

「やっぱり東京よりは遅いですが、ゴールデンウィークまでは保《も》たないんですね」

　金沢は東京とは数日遅れの年が多いが、米沢はもう少し遅いようだ。それでも事件当夜には散ってしまっていたのか。

「遅い年はゴールデンウィーク頃まで保つんですがね……それから、南側の二ノ丸にある上杉伯爵邸はいまは料理屋さんなんで、夜の九時までは営業しています」

「とっても素敵な建物ですよね」

新幹線のなかで米沢城趾のことを調べていたときに、上杉伯爵邸の写真は見ていた。二階建ての古式ゆかしい壮麗な和風建築だった。

「もとは上杉家一四代茂憲《もちのり》伯爵の邸宅でした。明治に建てられた建物が米沢大火で燃えてしまったので、大正末期に再建されました。いまは国指定の登録有形文化財になっています。でも、殺人事件が起きた、そこのあずまやとはかなり離れているんです。しかも、間に道路やお堀や樹木があって、視界を塞《ふさ》いでいます。あの晩、遅くまで人がいたとしても、目撃者がいるとは思えません。まぁ、そのあたりは警察が調べているでしょうけど」

あいまいに男は笑った。

事件当夜、上杉伯爵邸にいた客や従業員については、所轄の米沢丸の内署がじゅうぶんな聞き込みをしているはずだ。

捜査関係の資料は本件には目撃者がひとりもいないと結論づけていた。

真冬が米沢城趾を訪ねたのは、目撃者を探すためではなかった。

現場での犯行が偶発的なものかどうかを確かめる意味が大きかった。

確認した結果、犯人は現場が夜間は人目につきにくい場所であることをじゅうぶんに知っていたものと考えられた。

となると、偶発的な犯行とは考えにくい。今回の犯行は、たまたまあの場所で口論やケンカとなった末で犯人が被害者の野々村を殴ったという性質のものではないだろう。

むしろじゅうぶんな下調べをして、犯行に及んだのではないか。真冬にはそのように感じられた。

捜査資料では、野々村の自家用車は内堀北側に位置する松が岬おまつり広場に駐めっぱなしになっていた。おまつり広場は祭、催し物、集会等に使うこともあるそうだが、ふだんは三一〇台が駐車できる広い駐車場となっていた。この広場から現場までは一八〇メートルほどしかない。

あの夜、被害者の野々村は誰かに呼び出されてあずまやに行ったのだ。舞鶴橋からあずまやは八〇メートルほどの距離しかない。クルマからも一〇〇メートルは離れていなかっただろう。

あたりには街灯が設置されていてじゅうぶんな明るさもあるだろう。野々村は不審には感ぜずにあずまやへ向かったに違いない。

しかし、誰からも目撃されない死角であったのだ。

犯行現場を訪れ、直接この目で見た価値はあった。

いまはまだ推論に過ぎないが、計画的犯行である可能性はきわめて高い。

「ところで、失礼ですがあなたは？」

真冬は肝心なことを訊いていないことに気づいた。

「ごめんなさい。僕は市内で米織をやっている者です。篠原正之《しのはらまさゆき》と言います」

篠原はあわてたように、懐から名刺入れを取り出した。

――織工房　彩風《あやかぜ》　篠原正之

薄紅色の紙に黒い文字で、氏名と米沢市内の住所や電話番号が記されていた。城南《じょうなん》という場所に工房があるようだ。

「米織の工房を経営なさっているんですか」

真冬は明るい声で訊いた。

尊敬する祖母と同じ工芸作家となると、どうしても親近感が湧《わ》く。

「いやぁ、先生のところに間借りしてるんで、工房と言っても名ばかりなんですけどね」

篠原は頭を搔《か》いた。

「でも、ご自分の作品を世に出しているなんて素敵ですね」

「まだまだ駆け出しなんです。今日もこちらの案内所に僕の米織の作品を置いてもらおうと思って来たんですが、断られました」

肩をすぼめるようにして篠原は答えた。

「それは残念ですね」

「なかなかうまくいかないですね」

篠原は頭を掻いた。

「でも、篠原さんは、どうしてそんなに事件のことに詳しいんですか」

真冬は不思議だった。一般市民が知っているとは思えない知識を篠原は持っている。

一瞬、間があって、篠原はゆっくりと口を開いた。

「僕がお世話になっている方が、あの事件の被害者のお嬢さんなんですよ」

「本当ですか！」

真冬は驚きの声を上げた。

意外なところで、被害者遺族が登場してきた。

「ええ、それで事件のことがいつも気になっていまして、僕はいろいろと調べました。彼女はお父さんを亡くしてとても悲しんでいます。早く犯人が逮捕されることを僕はつよく願っているのです」

篠原は熱っぽい調子で言った。

「お嬢さんも市内にお住まいなのですよね」

どんな女性なのだろう。

「雪子《ゆきこ》さんといって、米沢市郊外の李山《すももやま》というところで《李山温泉　春雁荘《しゅんがん》》という温泉旅館の女将《おかみ》をやっています」

どこか嬉しそうに篠原は言った。

「温泉旅館の女将さんなんですか」

驚いて真冬は篠原の言葉をなぞった。

捜査資料には一人娘の野々村雪子の名前はあったが、職業は『株式会社野々村開発取締役（元米沢市役所職員）』と書いてあった。さらに今年の七月から野々村開発の代表取締役に就任したことが付記されていた。父親の死後、会社を継いだものと考えられた。

野々村開発でなにも出なかったら、資料に記載されている住所を訪ねることも考えてはいた。

「ええ、春雁荘はずっとむかしから野々村家の持ちものなんですよ。お父さんが亡くなる前の春から雪子さんが女将さんをやっています」

　すると市役所は昨年度末で退職して旅館の女将になったということだろう。

　春雁荘の女将をやっていたことは捜査資料には記述がなかった。春雁荘の女将の仕事は野々村開発の平取締役という肩書きの範囲に含まれていたのだろう。そうだとすると、ちょっと形式的な記載だなと真冬は思った。

「ぜひお目に掛かりたいんですが」

　真冬の声は弾《はず》んだ。

「彼女はまだあの事件のことは触れられたくないかもしれませんね。取材となるとつらいかもしれません」

　篠原は顔を曇らせた。

「取材でなくていいんです。ちょっとでもお話しできれば……」

　事件の被害遺族に会えるチャンスをふいにしたくはない。

　アプローチの仕方や相手の性格次第では、こころを開いてくれるかもしれない。

「それならいいんですが」

　篠原はあいまいにうなずいた。

　会話の流れで、野々村雪子のことを喋《しゃべ》ったことを後悔しているようだ。

「わたしが春雁荘さんに客として泊まればいいんですよね」

明るい声で真冬は言った。

「もちろん、そうですが」

とまどいの顔で篠原は答えた。

「事件の取材はしません、予約とってみます」

気が早いかもしれないが、真冬はスマホを取り出した。

取材というかたちを取る必要はない。

真冬はどうしても雪子に会いたかった。

「春雁荘はここからクルマで十数分の場所にあります。バスの便などはありませんが……」

さらりと篠原は牽制した。

「明日の朝、駅まで戻ればいいんです。温泉大好きなんです」

温泉が大好きなのは事実だが、真冬はとにかく雪子の話を聞くべきだと考えていた。

「そうですか……」

篠原は真冬の顔を見つめた。

「ぜひ春雁荘さんのお風呂に入ってみたいです」

真冬は熱を込めて言った。

もっとも篠原が反対したとしても、予約は入れられるのだが。

ちょっと黙っていた篠原は一転して明るい表情に変わった。

「とてもいいお湯ですよ。渓流沿いに露天風呂もあります」

篠原は嬉しそうに言った。

「わぁ、いいですねぇ」

真冬は本音の声で喜びを叫んだ。

「それに、米沢の郷土料理も食べられます。いまの季節ならまず芋煮です。あそこの料理は美味《おい》しいですよ」

篠原は胸を張った。

本当は春雁荘のことが自慢なのだろう。

「電話してみますね」

真冬は笑みを浮かべてスマホで電話番号を調べようとした。

「それなら僕がご紹介の電話をします。ちなみに朝倉さんのこの後のご予定は？」

すっかり明るい声に変わって篠原は訊いた。

「今日は決まった予定はないんです。これからお宿に行っても大丈夫です。明日は米沢駅に戻りたいんですが」

野々村開発に行くのは今日でなくてもよい。篠原や雪子という女将から情報を得たあと、次のターゲットに進むほうが効率がいいはずだ。

「それは心配しなくてもいいでしょう。帰るときには宿の人が駅まで送ってくれると思います。チェックインには少し早いけど、宿にはもう入れるはずです」

「では、なんの問題もありません。今夜は温泉でゆっくりします」

声を弾ませて真冬は言った。

「ちょっと待っててくださいね」

スマホを取り出すと、篠原は一回のタップで端末を耳に当てた。

「あ、篠原です。今夜、部屋あいてる？　いがった。若い女性のお客さんひとりご案内するな。これから行ぐから。んじゃ、めんどうしてな」

篠原は電話を切ると、真冬に向かって笑顔をみせた。

「部屋あいてるそうです。これから僕のクルマでご案内しますよ」

「おしょうしな」

真冬は恥ずかしいのをこらえて米沢の言葉を使ってみた。

「お、さっそく覚えましたか」

にっと篠原は相好《そうごう》を崩した。

「ええ、ところで、めんどうしてなってどういう意味ですか？」

「よろしく頼むね、という意味です」

「米沢言葉、ふたつめ覚えました」

「あまり無理しないほうがいいですよ。さ、クルマまで行きましょう」

明るい声で言うと、篠原は歩き始めた。

3

篠原が運転するパールピンクの軽ワゴンは、米沢城趾から南を目指して走り出した。

あらためて真冬はマップで位置を確認し、米沢盆地の説明を読んだ。

米沢市は米沢盆地（置賜盆地）の南東部に位置し、北部に南陽市《なんよう》、高畠町《たかはたまち》、川西町《かわにしまち》が存在する。隣接する長井《ながい》盆地には長井市、白鷹町《しらたかまち》、飯豊町《いいでまち》があってこれらの自治体地域を総称して置賜地方と称する。

東は青森県から栃木県まで東北地方を縦断する奥羽山脈、西は新潟県と山形県の県境を成している朝日山地、南は福島県との境界である。

クルマはいま、最上川《もがみがわ》の源流に沿って吾妻連峰《あづまれんぽう》のふもとへと向かっている。ぽつぽつと綿雲が浮かぶ遠い空の下には、赤や黄に色づき始めた吾妻連峰の山々が見えている。

まわりは杉林と刈田が続くのどかな田園地帯だ。

「きれいに稲刈りされていますね」

「ええ、だいたい九月の下旬くらいに終えますね」

金沢の稲刈りも同じくらいの時期だろうか。

真冬は父母と死別した後、祖母が陶房を営む医王山《いおうぜん》のふもとで育った。陶房へと続く湯涌《ゆわく》温泉の周辺の浅野川《あさのがわ》沿いには田んぼも少なくない。

「稲むらで干すんですね」

傾き始めた陽光に光る刈田のあちこちに稲むらが並んでいる。

「このあたりでは『くいがけ』と呼んでいます。刈田のなかに杭を打ち込み二本の短い横木をつけて、あんな形に稲の束を重ねていきます。だいたい二週間くらい天日に干します。どの地方でも、稲干しはコンバインによる機械化であまり見かけなくなりましたね。ですが、収穫米の風味を上げるために、昔ながらの天日干しを行っている農家もあるんですよ」

　ステアリングを握りながら篠原はやわらかい声で訊いた。

「わたしのふるさとでは、束ねた稲を長い横木にかけて並べて干す稲架《はさ》掛けをよく見ますね」

　ずらっと稲干しされている風景をなつかしく想い出しながら、真冬は言った。

「朝倉さんは東京からですよね？」

「ええ、つばさ一三五号で来ました」

「ご出身はどちらなんですか」

「石川県の金沢市郊外です」

「へぇ、加賀百万石の御城下ですね」

「そうです。同じ城下町の出身なんです。もっともかなり山に入ったところですが」

　母が死ぬまでは卯辰山《うたつやま》の麓《ふもと》の城下町に住んでいたのだが、祖母と暮らした医王山のふもとは森に囲まれた土地だった。

「金沢城と比べると米沢城が小さいのに驚いたのではないですか」

　篠原はかるく笑った。

「そうですね。こぢんまりとしていて出入り自由なのには驚きました」

さっき米沢城趾を初めて見たときの驚きが思い浮かんだ。

「米沢藩は戊辰戦争のときに奥羽越列藩同盟に加わったんで、いわゆる賊軍扱いされました。最後の藩主であった茂憲は米沢藩知事となりましたが、米沢の石高は四万石減らされたのです。さらに、明治六年には当時の廃城令（全国城郭存廃ノ処分並兵営地等撰定方）によって城の建物はすべて破却されてしまったんです」

淋しげに篠原は言った。

「そんなことがあったんですか」

「ええ、陸軍が軍用施設として使う四三の城を残して、日本中の城が壊されたんです。当時は城郭を文化財とするような考え方は存在しなかったわけですね」

篠原はのどの奥で笑った。

「そう言えば、金沢城趾には陸軍の第九師団司令部がありました」

金沢人ならわりあい知っている話だ。いまは金沢城址公園だが、真冬が生まれた頃は金沢大学となっていた。

「なるほど、司令部があったから金沢城は残ったのですね」

納得したような声で篠原は言った。

「司令部なんかない平和な米沢城のほうが、わたしは好きですね」

「まぁ、それでも米沢城も平成二九年に『続日本一〇〇名城』に選ばれているんですけどね」

「ちょっと安心しました」

真冬と篠原は声を合わせて笑った。

「米沢藩の上杉家って上杉謙信の子孫ですよね」

真冬の言葉に、篠原は横顔でうなずいた。

「上杉謙信は越後守護代の長尾為景《ながおためかげ》の四男の景虎《かげとら》でした。軍神とまで崇《あが》められる才覚で越後一国を平定し北陸・関東地方にまで覇を唱えたのです。やがて足利将軍家の姻族の名家である山内《やまのうち》上杉氏の一五代当主で関東管領であった上杉憲政《うえすぎのりまさ》の養子となり、家督と関東管領職を譲られました。謙信の急死後、甥《おい》で養子の景勝が、豊臣秀吉《とよとみひでよし》旗下の大名となって五大老のひとりに就任しました。このとき上杉家は秀吉によって越後から会津一二〇万石に領地替えさせられました。その頃は会津領防衛の要となる米沢城に家老の直江山城守《やましろのかみ》兼続を置いて治めさせていました。関ヶ原の戦いで西軍側に属したために、かつて同じく五大老だった勝者の徳川家康《とくがわいえやす》によって会津を収公《しゅうこう》されました。上杉家は会津で戦闘準備態勢を整えただけで、結局は東軍と戦うことはなかったんですけどね。当然、改易《かいえき》されるところでしたが、さまざまな努力の結果、直江兼続の知行地だった米沢三〇万石の領地だけが認められたのです」

篠原はさらさらと説明した。

上杉氏の街、米沢の人にとっては、常識的な歴史的知識なのかもしれない。

なるほど、米沢城に銅像があった上杉謙信、上杉景勝、直江兼続の関係がよくわかった。

しかし……。

「領地が四分の一になってしまったのですね」

関ヶ原の敗者側でもあるし、たしかに大きな城など築けるはずもない。

篠原は前方に視線を置いたままうなずいた。

「そうです。でも、景勝は多くの家臣を切り捨てることなく、会津から米沢に連れて行ったのです。家臣団はたいへんに貧乏な暮らしを強いられましたが、武家の名門、上杉家の家臣であることに誇りを持って生き続けたのです」

しごくまじめな顔で篠原は言葉を継いだ。

「そんな苦境を打破するため、直江兼続は治水事業に力を入れ新田開発を進めました。その甲斐あって、米沢は表高三〇万石のところ内高五一万石となるほどの収穫を得られるようになりました。また、兼続は城下町を整え殖産興業や鉱山開発にも力を入れました。殖産興業でも今に続いているのが織物産業です。兼続は古くから養蚕《ようさん》が盛んだった現在の白鷹町に家来に命じて絹屋を設けて絹織物を作らせました。それとともに京都から縮《ちぢみ》の職人を招き、紬《つむぎ》を作ることに成功しました。米織、長井紬、白鷹紬という置賜地方の織物の伝統はここから始まります」

「名家老だったのですね」

「その名にふさわしいです。直江兼続のおかげで米沢藩の領民たちも息をつくことができたのです。ところが、三代綱勝《つなかつ》が嗣子なくして二六歳で死去したのです。当時の法に従えば上杉は無嗣子断絶となるところでした。ですが、綱勝の岳父に当たる保科《ほしな》正之《まさゆき》が奔走したおかげで、米沢藩は改易を免れました。綱勝の妹の子で高家《こうけ》旗本である吉良義央《きらよしなか》の長男を養子に入れて四代綱憲《つなのり》とすることで藩政は存続したのです。でも、このときのペナルティとして米沢藩は一五万石にされてしまいました」

いくらか沈んだ声で篠原は言った。

「えー、さらに半分。会津時代の八分の一ですか。それに吉良義央ってもしかして」

なんとなく記憶にある名だ。

「そうです。忠臣蔵でしわ首を切られる悪役の吉良上野介《こうずけのすけ》です」

「松の廊下で『鮒だ、鮒だ、鮒侍だ』って言う人ですね」

やっぱりそうだ。『殿中でござる』の敵役だ。

「あははは、あれは歌舞伎の『仮名手本忠臣蔵』のフィクションと言われていますね。ともあれ、藩領が半分になったのに、このときの家臣たちの召し放ちは不徹底でさらに家政は厳しいものとなりました。綱憲をはじめ何人かの当主が奢侈《しゃし》に溺れたこともあり、米沢藩の財政逼迫《ひっぱく》はとんでもなく深刻化しました。非常に厳しい家政を建て直したのは綱憲の曾孫に当たる九代藩主治憲《はるのり》でした」

「松岬神社の前に銅像がありました」

いちばん最初に現れたのが治憲の銅像だったのはそんな理由からなのか。

「後に鷹山と号した治憲はいまでも米沢じゅうの人々に尊敬されています。鷹山は一七歳で藩主となったのですが、深刻な藩財政を建て直すために、さまざまな工夫をこらしたのです。いまは名物となっている米沢鯉や深山和紙などを始めさせたのもその一端です。食用になることに着目して生け垣にクコを植えることなども推奨しました。米沢名物は鷹山が家臣や領民に始めさせたり推奨したものばかりなのです」

篠原は誇るように言った。

「アイディアマンだったのですね」

「家臣の意見をよく採り入れたようですね。ですが、範としたのは直江兼続のさまざまな施政です。クコを推奨したのは兼続が初めだそうです。ですが、僕にとってずっと重要なのは米沢の織物産業を盛んにしたことです。鷹山は越後から縮師《ちぢみし》を招き、縮役場を設けました。また、仙台からは藍師を呼んで藍染めも奨励したのです。さらに、いまの米織は鷹山が家臣の家族である女性や女の子どもたちの内職として藩で生産した絹糸による機織りを習得させたことから生まれました。その意味で鷹山は米織の父とも言えます」

篠原の声には鷹山に対する敬意が感じられた。

「まさに名君ですね」

「ええ、第三五代アメリカ合衆国大統領のジョン・F・ケネディは、就任時に日本の新聞記者から『日本でいちばん尊敬する政治家は？』と尋ねられたときに上杉鷹山の名前を挙げたようです」

「へぇ、アメリカにまで名君としての名が響いていたんですか」

驚くと同時に真冬は少し恥ずかしくなった。

今回米沢に来るまで鷹山の名も知らなかった。

「はい、このエピソードは長女のキャロライン・ケネディが駐日米国大使に就任したときにも触れているんですよ」

「またまたびっくり」

「鷹山公についてはまだまだおもしろい話も多々あるのですが、またいずれ……あれを見てください」

ステアリングから右手を離して、篠原は右側を指さした。

道路からほど近いところに何本かの巨木が固まって生え、こんもりとしたちいさな森になっていた。

「なにかに似てると思いませんか」

おもしろそうに篠原は訊いた。

「トトロですね！」

全体にふっくらしたずんどうの体型も、ぷっくりのお腹もトトロによく似ている。しかも頭の上に両耳が突き出している。

お腹の部分は茶色く染まり始めている。

「そうです。《トトロの森》として観光客にも人気の森なんです。地元で保存会を作って駐車場の整備や雪かきをしています。少し離れたところに展望台も作られているんですよ」

嬉しそうに篠原は答えた。

森のまわりにはトトロの森の文字を書いたのぼりが何本か翻っていた。

「かわいいですね」

真冬は通り過ぎる森を眺めながら言った。

「李山丹南山神《すももやまたんなんやまかみ》という幕末頃に建立された地元の鎮守さまのまわりに生えた自然林です。大小一八本の杉の木とケヤキの木、三本の桜の木から成り立っています。茶色くなっている部分はケヤキで、耳に見える部分は杉の木です。胴回りは八〇メートル、直径二五メートル。高さは三〇メートルほどあるそうです。いつの間にか有名になって全国から訪れる人がいるんですよ」

篠原の声は楽しげに響いた。

トトロの森を過ぎてすぐに畑が切れて道路の両側が森になった。

コンクリートの橋で清流を渡る。

「最上川もここまでくると、山奥の川の雰囲気が出てきますね」

篠原の言葉であらためて気づいた。最上川の源流に近いのだ。

橋を渡ると、右の車窓に砂利の河原を持った澄んだ流れがゆるやかに蛇行している姿が見える。

「とてもきれいな水ですね」

「この上流には大平《おおだいら》という集落しかありませんからね。さぁ、もうすぐです」

篠原の言葉のとおり道路の左側に「清流の宿　李山温泉　春雁荘」と達筆で記された木の看板が見えてきた。

看板の横の森に細い砂利道が続いている。

クルマを砂利道に乗り入れると、すぐに二階建ての木造建築が現れた。

ナチュラルカラーの羽目板の壁が続き、茶色い窓枠が並んでいる。

純然たる和風建築というよりも、瀟洒《しょうしゃ》な和風山荘というたたずまいだった。

思ったよりも新しくきれいな宿である。

建物の前は駐車場になっていて、三台ほどの車が駐まっていた。

篠原は砂利の音を立てて車寄せの前にクルマを駐めた。

「さぁ、到着ですよ」

明るい声で言って篠原はクルマを降りた。

真冬も外へ出て、後部座席に置いておいたザックを背負った。

どこからかかすかに硫黄の臭いが漂ってきた。

最上川の流れの音が建物の向こうから響いてくる。

客室は最上川に向いているのか、砂利の駐車場側には食堂らしき広間などが見える。

「素敵なお宿ですね」

温泉気分満点である。

「気に入ってもらえるなら嬉しいです」

篠原は鉄平石《てっぺいせき》で飾られた三段の石段を上り、入口の格子の入った玄関の扉を開けた。

真冬はあわててあとに続いた。

黒御影石《くろみかげいし》の玄関はすっきりとしていて、続く床は明るいフローリングで清潔な感じだった。

右手の窓際にモスグリーンの布張りソファセットが置かれていて、左手の帳場には誰もいなかった。

「あっあーい」

玄関を入ったところで篠原が謎の言葉を叫んだ。

「いらっしゃいませ」

奥からすぐに華奢《きゃしゃ》で小柄なひとりの女性が現れた。

すっきりとした無地の薄い桃色の作務衣を着ている。

細面《ほそおもて》で切れ長の目が魅力的な美しい女性だった。

雪国の女性らしくきめの細かい白い肌を持っている。

女将と聞いていたのでなんとなく中年女性を想像していたのだが、真冬より若いのではないだろうか。

後ろにはアイボリーの作業ジャンパーを着た、四〇代くらいの中肉中背の男が続いていた。

「まぁ、もう大丈夫だと思うよ」

男はにこやかに言った。

「おしょうしなっし」

女将はこくんと頭を下げた。

男は真冬たちに黙礼すると、ゆっくりと外へ出ていった。

なにかの作業をしていたのだろう。

「お客さん、ご案内してきましたよ」

篠原は上機嫌の声で、真冬に手をかざした。

「ようこそおいでくださいました。当館の女将です」

やはりこの女性が野々村雪子だった。

雪子は膝に手をついてていねいにお辞儀した。

「いきなりでごめんなさい」

真冬はちょっと恥ずかしくなって頭を下げた。

「お一人さまですので大丈夫です。今夜は三組ほどのお客さまがありますんで、お食事の材料にはゆとりがあるのです。さ、こちらへどうぞ」

ソファを差し示して雪子は言った。

「はい、お世話になります」

靴を脱いで真冬はスリッパを履《は》き、ソファへと足を進めた。

「僕も失礼していいですか」

篠原もあとから続いた。

真冬がソファに座ると、反対側に篠原が座った。

「いまお茶をお持ちしますね」

雪子が奥へ消えると、真冬はさっそく質問した。

「さっき、『あっあーい』って言ってましたね。あれはどういう意味なんですか？」

まったく意味がわからなかった。

「お店や誰かの家を訪ねたときに言う言葉ですね。『ごめんください』です。若い人はまず使わない言葉ですが、中高年の間ではまだ使われています。『あっあえー』ともいいます」

あえて篠原はふだんあまり使わない米沢の言葉を選んでくれたようだ。

「金沢では『ごめんあそばせ』と言います」

武家言葉の名残とも言われている。石川県だけでなく、広範囲で使われるようだが、イントネーションに違いがある。

「なんかすごく優雅ですね」

篠原は驚きの声を上げた。

「ふつうは『ごめん』だけしか言わないんですけどね」

簡単なこちらの言葉しか真冬は使わない。

しばらくして雪子はお茶を運んで来た。

「いまの時間は若い子が休憩に入っちゃってるんで、遅くなりました」

かるく頭を下げて雪子はカフェテーブルに真冬と篠原の分のお茶を置いた。

「素敵なお茶碗ですね」

手に取った茶碗は無釉《むゆう》の焼き締めもので、金化した窯変《ようへん》が輝いている。

祖母の仕事をこよなく愛している真冬は、どうしても陶磁器には反応してしまう。

「成島焼和久井窯《なるしまやきわくいがま》で焼かれたお茶碗です。長井市で地元の陶土を使って焼いているんです。米沢ではほかに米沢焼鳴洲窯《よねざわやきなるしまがま》という陶房もあります」

ほほえんで雪子は答えた。

「成島焼は、もともとは上杉鷹山が家来の相良清左衛門《さがらせいざえもん》に福島の相馬焼の技法を学ばせて焼かせた藩窯《はんよう》でした。御用窯として栄えた成島焼でしたが、明治に入ってから衰えて大正時代には廃窯しました。現在はふたりの陶芸家さんが復興させています」

篠原がつけ加えた。

また鷹山の名前が出てきた。

「ご紹介が遅くなりましたが、こちらは朝倉さん。東京からお見えのライターさんなんですよ」

明るい声で篠原は言った。

「朝倉真冬と申します」

真冬はライターの名刺を差し出した。

「あら、お仕事ですか」

名刺を受けとった雪子はかるい驚きの声を上げた。

「ええ、まぁ……」

真冬は言葉を濁した。

「それはそれは……篠原さんの工房の取材なんですか」

口もとにほほえみを浮かべて雪子は訊いた。

「いや、そういうわけじゃなくてね。上杉神社でたまたま知り合いになったんですよ。春雁荘さんの話をしたら、ぜひ泊まってみたいってお話なんでご案内したんですよ」

篠原はさらっと説明した。

「あら、篠原さん。ありがとうございます」

雪子は嬉しそうに頭を下げた。

「春雁荘さんには、僕の米織を置いて頂いていますからね」

廊下の少し奥にささやかな土産物コーナーが作られていた。

篠原はこの宿に自分の作品を展示販売してもらっているのか。

「あとで見てみたいです」

真冬の言葉に、雪子はちょっと困ったような顔を見せた。

「この前持って来て頂いた作品はけっこう売れちゃって、いまはコースターが五枚くらいしか残ってないんです」

「コースターじゃ迫力ないな。明日、いくつか持って来ますよ」

篠原は屈託なく笑った。

「じゃあ、お部屋にご案内しますんで」

雪子はさっと立ち上がった。

「じゃあ、雪子さんが戻ってくるまで、僕が帳場にいますよ」

篠原は陽気な声で言った。

「あら、番頭さん。お願いします」

おどけた調子で雪子は明るく笑った。

「お荷物をお持ちします」

雪子の言葉に真冬は首を横に振った。

「このザックだけなんで大丈夫です」

自分よりも華奢な雪子に荷物を持たせる気にはならない。

土産物コーナーを通りかかると、米沢の酒や牛肉のそぼろやしぐれ煮などと並んで、ちいさなコースターが五枚展示してあった。

「あ、このコースターですね」

太い糸で編まれた色とりどりの布がかわいかった。

「はい、裂《さ》き織りです。篠原さんは本格的な機織りをなさるんで、こちらは細切れの時間で楽しんで作ったものだって言ってました」

しばらく進むと廊下の右側に二階に上がる階段が現れた。

「この奥がお風呂になっています。男女別の内風呂があります。内風呂からそれぞれ露天風呂に出られるようになっています。お風呂は二四時間入れますが、朝の一〇時から一時間半ほどはお掃除の時間です」

廊下の奥には男女の入口を示すのれんが掛かっていた。

雪子に続いて真冬は階段を上がっていった。

二階へ上がると、廊下は片側に寄っていて駐車場側は窓が並んでいた。

格子戸の数からすると、客室は六部屋らしい。

そのまま雪子は左に向かって二階の隅まで進み、「あずましゃくなげ」という札の懸かっている部屋の格子戸を開けた。

「こちらのお部屋でございます」

立ち止まった雪子は、唐紙を開けて真冬を部屋へと通した。

4

八畳ほどの部屋で、奥の腰高窓のカーテンは開かれていた。

最上川の流れが窓一杯にひろがる。

澄んだ川面《かわも》が西陽にキラキラ光っていた。

「きれい」

真冬は思わず感嘆の声を上げた。

「なにもないところですけど、最上川とお湯だけは自慢なんです」

雪子は若々しい声で答えた。

窓のところには縁側が設けられていて、籐椅子がふたつ置いてあった。

真冬ひとりにはもったいないほど広くきれいな部屋だった。

部屋にテレビがないのも、真冬には嬉しかった。

左手には床の間があって、無釉の灰色っぽい平たい花器に赤、白、ピンクのコスモスが活けられていた。

「素敵なお花ですね」

真冬は正直な感想を述べた。

活けた人のこころが伝わるのか、コスモスの美しさが素直に表現されている気がした。

「庭の隅に咲いているんです。わたしが活けたんでちょっと恥ずかしいんですけど」

照れくさそうに雪子は笑った。

「そんなことない。とってもきれいです。活けた人のコスモスを愛する感性が伝わってきます」

真冬は首を横に振った。

「そんな風に言ってくださって嬉しいです」

入口近くの壁には大きな松ぼっくりを使ってたくさんの木の実で作った花束を乗せた素敵なオーナメントが銀色や金色のリボンで五つ下がっていた。

「あのオーナメント、すごくかわいいんですけど」

真冬は素直な賞賛の言葉を口にした。

「あれ、わたしが森で拾ってきたドイツトウヒの松ぼっくりに、たくさんの木の実で作ったシュトラウスって呼ばれる花束を乗せたアンヘンクゼルです」

「アンヘンクゼルって初めて聞きました」

「ドイツとオーストリアでよく作られる木の実飾りなんです。もっとも本国ではアンヘンガーと呼ばれるらしいんですけど。なんか妖精がなかに隠れてそうじゃないですか」

かわいらしいことを雪子は言った。

「いろんな道具を使うんでしょ？」

「いいえ、ヒートンをつける時に使うペンチや細釘を打つときに使う木槌《きづち》、あとは木工ボンドくらいですよ」

「わたしも作ってみたいけど、不器用だからな」

「センス勝負なんで不器用でも大丈夫。わたしも不器用なんです」

雪子はわずかに頬を染めて部屋のまん中に置かれた座卓を指し示した。

「どうぞお座りになってください」

真冬は床の間側の座布団に座った。

雪子はクリップボードにはさんだ宿泊カードを手にしていた。

真冬とは直角の位置に座布団を避けて座った雪子は、宿帳を座卓に置くと、ボールペンを差し出した。

「すみません、宿帳をお願いします」

「あ、はい」

ボールペンを受け取った真冬は氏名や住所などを記入した。

「篠原さんが無理を言ったんじゃないんですか、うちに泊まればいいなんて」

かすかに笑って雪子は訊いた。

「反対です。わたしが無理して今夜泊まりたいって言ったんです」

真冬はほほえみを浮かべて答えた。

「お仕事で米沢にお見えなんですよね」

雪子は真冬の顔を覗《のぞ》き込むようにして訊いた。

「ええ、そうなんです。旅行雑誌の仕事で来ています」

いくぶんの後ろめたさを感じながらも、真冬はいつもの答えを返した。

「うちは取材しないで頂けますか」

きっぱりと雪子は言い切った。

「はぁ、かまいませんが……どうしてですか」

真冬はちょっと驚いて尋ねた。

「常連さん中心でやってますんで、あまり宣伝したくないんです」

静かな声で雪子は言った。

「わたしも常連じゃないですね」

深い意味はなく真冬は答えたが、雪子はあわてて手を横に振った。

「朝倉さんは篠原さんのご紹介ですから安心です。うちはお風呂と最上川の景色、それと素人の米沢料理をお楽しみ頂きたいと思っています。お客さまには静かな滞在時間を楽しんで頂ければと願っています。ホームページにもきちんと記しているんですけど、初めてお見えのお客さまには理解して頂けないことも多くて……」

顔を曇らせて雪子は言った。

「場違いな要求をする人がいるんですね」

「お客さまの悪口は言いたくないんです」

雪子は言葉を濁らせた。

「決して口外しません。もちろん記事にもしないです」

真冬が続きを促すと、雪子は小さくうなずいて口を開いた。

「まずいちばん多いのが、テレビがないという苦情です。ホームページにも書いてあるんですが……。それからカラオケはないのかとか、露天風呂に木の葉や羽虫が浮いているから消毒しろとか、ひどい人になるとコンパニオンを呼べです」

雪子は額に縦じわを作った。

「そんな理不尽な……」

真冬は言葉を失った。

この宿の魅力を少しも理解しようとしないのだろうか。

もし、大空町《藻琴山《もことやま》ロッジ》の遠山友作《とおやまゆうさく》が聞いたら、あきれまくるだろう。

――そんな客はただのひとりだっていらねえよなぁ。

遠山の声が聞こえるような気がした。

「そうした無理なご注文をなさるのは、ことに遠方からのお客さまに多いんです」

雪子はほっと息を吐いた。

「それで雑誌などに掲載されたくないんですね」

ここよりずっと素朴な《藻琴山ロッジ》ファンの真冬には、雪子の気持ちがよく理解できた。

「はい、以前、ある雑誌に取材して頂いて、うちの魅力をきちんと伝えて頂いている、とてもよい記事で喜んでいたんです。でも反響があったせいで、一時期無茶なことおっしゃるお客さんが増えちゃって困ってしまいました」

雪子は眉根を寄せた。

「ごめんなさい。失礼なこと言っちゃいました」

あわてて雪子は頭を下げた。

真冬が旅行ライターと思って恐縮しているようだ。

申し訳なくなると同時に、肩をすぼめた雪子にきゅんときた。

彼女はやさしいこころを持つ女性なのではないだろうか。

「いいえ、悪いのは記事ではなく、そうした場違いなお客さんですから」

真冬はこころのなかでわびながら答えた。

そのとき床の間に置いてある内線電話が鳴った。

「きっと篠原さんです」

さっと床の間に近づいて雪子は受話器を取った。

「わかりました、ありがとうございました」

受話器に向かって雪子は礼を述べた。

「話し込んじゃってすみません」

真冬は雪子の時間を奪っていることに気が引けた。

それに篠原も帳場から離れられないだろう。

「いいえ、大丈夫です。手伝ってくれてるおばさんが戻ったんで、篠原さんは帰るそうです」

「それならよかった」

肝心の話に触れるべきか迷っていた。

彼女が忙しい時間に切り出すべき話でないのはたしかだ。

「あの……いま、お忙しいお時間なんですよね」

やんわりと真冬は尋ねた。

「いえ……お料理を始める三時半くらいまではそんなに忙しくありません」

かるく首を横に振って雪子は答えた。

宿に早く入ったおかげだ。

「もうちょっとお話ししてもいいですか」

遠慮がちに真冬は言った。

「ええ、朝倉さんみたいなお客さんは珍しいんで嬉しいんです」

雪子は嬉しそうにうなずいて言った。

「どういう意味ですか」

「うちは中高年のお客さんが多いんです。わたし、今年二八なんですけど、朝倉さんきっと同じくらいですよね。少し年下ですか？」

やっぱり同年輩だった。

最初の勘は当たっていた。

「いえ、ひとつ年上です」

真冬の言葉に雪子は目を輝かせた。

「ほとんど同い年ですね！　わたしたちくらいの年齢のお客さまは決まってカップルかご夫婦なんですよ。そうすると、悪いかなと思ってお声がけもできないんです」

たしかに滞在しているカップルや夫婦は、ふたりだけの時間を楽しみたいことも多いだろう。

「あは、わたしは淋しいひとり客ですけどね」

真冬は自嘲気味に笑った。

「素敵な彼がいるけど、今日はおひとりさまなだけですよね」

とんでもない話だ。真冬はいつもひとりぼっちなのだ。

「いいえ、東京に帰ってもひとりです。わたし喪女《もじょ》なの」

喪女とは、もてない女性を指すインターネット・スラングである。

調査官に異動するまでの真冬は、刑事局刑事企画課の課長補佐だった。

脇目も振らずに仕事を続けた日々だった。

若手官僚は男女ともデートする暇もないほど忙しい。

官僚が見合い婚を選ぶことが多いのは出会う相手がいないからでもある。

「信じられない」

まじめな顔で雪子は言った。

「野々村さんこそ素敵なひとがいるんでしょ」

「いいえ、わたしは喪女ですよ」

淋しげに笑って雪子は答えた。

「米沢には女を見る目のない男しかいないんですね」

「まったくです」

真冬も雪子も噴き出した。

「でも、わたしと同い年くらいなのに、ひとりでこの湯宿を取り仕切ってらっしゃるなんてすごいです」

素直な感嘆の言葉を真冬は口にした。

「わたしの家が、祖先から譲り受けた大切な財産ですから……守っていかなければと思って日々を過ごしています」

雪子の瞳に熱い思いがこもっていた。

「素晴らしいですね。わたしには祖先から受け継いでいるものなんて、なにもないです」

だからこそ、真冬は金沢の街を出て東京で官僚となったのだ。

「でも、それはまた重荷でもあるのです」

少し淋しげに雪子は答えた。

金沢でもそうした重荷を抱えて生きている人は少なくないはずだ。

もし、祖母が自分が生涯賭けた陶芸の道を真冬に受け継がせようと思っていたら、たいへんな重荷になっていただろう。

だが、祖母は亡き父にも、自ら育てた真冬にも陶芸の道に入ることを望んだことはなかった。

代々受け継がれてきたこの湯宿と違って、祖母は自分一代で『雪下窯《せっかがま》』と自らの陶芸を築いたからでもあろうか。

「春雁荘はいつ頃から続いているのですか」

真冬は質問を変えた。

「江戸時代です。文献に残っている記録では文化年間には開湯されていて、なんと鷹山公もお入りになったそうです」

雪子は誇らしげに言った。

「文化っていうと、葛飾北斎《かつしかほくさい》や曲亭馬琴《きょくていばきん》なんかが活躍した時代ですよね。えーと一九世紀の前半ですね」

うろ覚えの知識で真冬は答えた。

「朝倉さん、すごいですね。まさにその時代です」

「いえ、わたし歴史には詳しくなくて……」

真冬の頬は熱くなった。

日本史は得意ではなかった。

国家公務員総合職試験のために、付け焼き刃で勉強した知識がいくらか残っているくらいだ。

「その後も上杉家中の方をはじめたくさんの湯治客で賑わってきました。明治になって米沢藩がなくなったときにわたしの五代前の祖先に当たる野々村作左衛門《さくざえもん》が建物と湯口権を買い入れて旅館業を始めたそうです。作左衛門は一五〇石取りで米沢藩の郡奉行だったそうです。商売は下手だったでしょうけど、当館をなんとか続けてきました」

雪子はほほえんだ。

「春雁荘って名前にはどんな意味があるんですか」

真冬は初めて宿名を聞いたときから抱いていた疑問を口にした。

雁はカモの仲間の渡り鳥だろう。雁が飛ぶ姿は古くから多くの文学などに描かれてきたはずだ。春は雁が遠くへ帰る季節だったような気がする。

「直江兼続公がお詠みになった漢詩から取っています。読み下すと『春雁吾《われ》に似て吾雁に似たり　洛陽城裏花《らくようじょうり》に背《そむ》きて帰る』という詩です。前半が失われて後半部分だけが残っています。祖先の作左衛門がこの漢詩から名づけたそうです」

雪子は誇らしげに言った。

「どんな意味なんですか」

漢詩も高校時代は得意ではなく、公務員の試験勉強ではあきらめた科目だった。なんとなく意味はわかるが心もとない。

「『北へ渡る春の雁が自分に似ているのか、あるいはわたし自身が雁に似ているのか。華やかな都で咲く美しい花に背を向けて、わたしは自分のいるべきところに帰ろう』という意味です。『常山紀談《じょうざんきだん》』という書物に残っている言葉です。洛陽は東都とも呼ばれた中国の古い都ですが、ここでは京都になぞらえているんですね」

「なるほど」

「兼続公は越後に生まれましたが、上杉家が豊臣大名となってから景勝公に伴って京で暮らした時期もありました。京の都でも才人として名高い兼続公でしたが、自分が生きるべき場所は奥州の寒い土地だという覚悟を春の雁に喩《たと》えたのです。祖先の作左衛門は、明治に入って世の中が一八〇度変わって東京が中心となった時代のなかで、自分は米沢の土地とともに生きてゆくんだという覚悟をこの宿名に込めたんだと思います」

ふたたび雪子の言葉は誇らしく響いた。

「それはまた野々村家の代々の人々の覚悟でもあったのですね」

真冬はなにげなく訊いた。

「そうです、わたしもその覚悟を持って春雁荘を守ってゆこうと思っています。そしてこの李山の自然も」

いくらか眉を吊り上げて雪子は言葉に力を込めた。

急に真冬の耳の奥を痛みが襲った。

苦しんでいる人、悲しみを抱いている人に向かい合っていると、真冬は耳の後ろあたりに痛みを感ずるのだ。

しくしくと痛みが出るとき、その相手は大きな不幸を抱えている。

いくつもの経験で、真冬は自分にそんなおかしな力があることを知った。

どんな悲しみや苦しみが雪子を襲っているのだろうか。

「野々村さんはいつから春雁荘を守っていらっしゃるんですか」

真冬は質問を変えた。

「え？　わたしですか」

「ええ」

「雪子と呼んでください。野々村はたくさんいますから」

ふふふと雪子は笑った。

真冬の耳の痛みは治まっていた。

「雪子さんって素敵なお名前ですね」

とてもエレガントな名だと真冬は思う。

「なんか古くさくて嫌なんです。もっといまどきの名前をつけてほしかったです」

かるく顔をしかめて雪子は言った。

「そんなことありませんよ。雪国米沢の美女にふさわしいです」

「あら、なんにも出ませんよ」

「わたしのことは真冬と呼んでくださいね」

「真冬さんってかわいい。真冬と雪子って失礼ですけど、ご縁がありますね」

微笑《ほほえ》んで雪子は言った。

「ほんとですね、仲よくしましょ」

「ぜひ。よろしくお願いします」

雪子は頭を下げた。

「ところで、雪子さんはいつから春雁荘の女将さんなんですか」

真冬は問いを繰り返した。

「実は今年の四月からなんです。まだ、新米の女将なんです」

雪子は照れくさそうに言った。

「どうして宿を継いだんですか」

「実はこの宿の主人は父だったんです。老朽化して雪の重みに耐えられなくなった建物を五年前に建て替えたのも父です。でも、父は会社を経営していましたので、宿の面倒はすべて番頭さんにまかせっきりで、半月に一回、顔を出すくらいでした。わたしは学生時代から帰省すると、春雁荘を手伝っていました。お料理のお手伝いも、地元や各地からお見えのお客さんとお話しすることも楽しかったんです」

真冬にも《藻琴山ロッジ》の手伝いをしていた頃の楽しい想い出が残っていた。雪子の気持ちはわかるような気がした。

「春雁荘を愛していたんですね」

雪子はうなずいて言葉を続けた。

「ところが、昨冬、七二歳の番頭さんが病気で倒れました。生命には別状なかったんですけど、引退することになって……。それで、誰が春雁荘を取り仕切るかって話が出てきました。父は本業が忙しくて無理だったのです。それで、わたし自分でこの宿をやってみたいという気持ちがつよくなりまして。思い切って仕事を辞めて宿の女将になっちゃったんです」

被害者である野々村吉春が登場してきた。

「それまではどんな仕事をしていたんですか」

「市役所勤めでした。最後は企画調整部の秘書広報課って部署にいたんですけど、昨年度末で退職しました」

捜査資料の記述と一致する。

雪子はなめらかに春雁荘の話を続けている。注意深く事件の話に触れてもよさそうな気がする。

「じゃあ、ずっと米沢で仕事してらっしゃるんですね」

「はい、わたし明和学院大学の出身なんで、一、二年は横浜の戸塚、三、四年は都内の白金ですごしました。新卒で役所に入ったんで、社会人になってからはずっと米沢です」

明るい声で雪子は答えた。

「お父さまの経営なさっている会社はどんな事業なんですか」

注意深く真冬は問いを続けた。

「それが……父は今年の五月に亡くなりました」

雪子は声を落として、静かに目を伏せた。

「父は殺されたんです。なきがらは米沢城の冷たい内堀に浮かんでいたのです」

顔を上げた雪子はなかば叫ぶように言った。

その瞳には悲しみの色が宿っている。

「そのお話は伺っています」

正直に真冬は言った。

「事件を知っているんですか」

雪子の顔色が変わった。

「ええ、報道もされていましたから」

真冬は静かに続けた。

「わたしが野々村吉春の一人娘と知っていたんですか」

雪子は険しい声で訊いた。

「ええ……わたし旅行雑誌のライターで取材に来たんですが、今回はお父さまの事件のことも知りたいと思って米沢に来ました」

　ある程度の事実を、真冬は伝えざるを得なかった。

　篠原が真冬の目的を知っている以上、いつまでもすべてを隠しおおすことはできない。

　雪子はショックを受けたようだ。

　いつの間にか握ったこぶしが小刻みに震えている。

　最上川の瀬音が急に大きく響くような気がした。

「それで、うちにお泊まりになったんですか」

「いえ、篠原さんからとてもいい宿と聞いたんで、できれば取材したいと思って伺いました。でも、さっきの場違いなお客さんたちのお話を聞いて、取材はあきらめました。雪子さんのお気持ち、よくわかりました」

　真冬は熱を込めて喋った。

「本当ですか」

　不審そのものの顔で雪子は訊いた。

「はい、あらためてお悔やみを申しあげます。お父さまのご冥福をお祈り致します」

　真冬は深く頭を下げた。

「わたし犯人を憎んでいます。わたしは、すでに母も亡く、ただひとりの家族でした。ぼう然としてしまって、三日くらいなにも食べられませんでした。わたしはしばらく吐き気とめまいに襲われ続けました。悲しみでなにもできない自分がそこにいました」

雪子の両目に涙があふれ出た。

「そんなときにわたしを救ってくれたのがこの春雁荘でした。父が死んでも、女将のつとめをないがしろにするわけにはいきません。最短の期間で父を送り仕事に戻ったことで、わたしは生きる力を取り戻したのです。厳しいけれど、やさしい父でした。わたしを愛してくれていました。なんで罪もない父が殺されなければならなかったか教えてください」

最後は裏返った声で雪子は言った。

「実はわたしの父は警察官でした。ですが、わたしが五歳の誕生日に犯人を逮捕しようとして撃たれて殉職しました。悲しみのうちに母は病気で亡くなり、わたしは祖母の手で育てられました。愛する家族をいきなり奪われた雪子さんの悲しみはよくわかるつもりです」

真冬はやわらかい声で言った。

父の死に触れようとは思っていなかった。

だが、雪子の悲しみに暮れる姿を見ているうちにどうしても話したくなった。

「五歳だったのね……真冬さん」

雪子の声はかすれた。

「そう、五歳になったばっかりでした。父が亡くなったときにその意味は客観的にはわかっていなかった。でも、ただただ悲しかったの」

真冬は静かに微笑んだ。

「かわいそう……わたしなんかよりずっとかわいそう」

言葉を出しながら雪子は涙ぐんだ。

「いいえ、悲しみは同じよ」

柔らかな表情に変わった真冬の顔を見て雪子は口を開いた。

「変に疑ってごめんなさい。真冬さんとわたしは同じ悲しみを共有できるってことがわかりました」

「ありがとう。だから、お父さまの事件を解決するために、自分にもなにかできることがあれば頑張りたいって思っています」

これはまさしく真冬の本音だった。こんな悲しい事件が未解決のままでいいはずがない。

「お気持ちすごく嬉しいです。でも、わたしが知っていることはあまりないんです。事件についてはわからないことだらけなんです」

雪子は眉を曇らせた。

「強盗とかそういう物盗りの犯行ではないんでしょ」

確認済みだったが、あえて訊いてみた。

「ええ、たくさんのお金やカードの入ったお財布は残っていたんで」

このことは捜査資料にもあった。

「わたし、米沢に着いてすぐ現場を見てきたの。そこで感じたことは、あのあずまやはまわりの建物からの死角になっているのね。わたしは用意周到に計画された犯行だと考えています。決して偶発的なケンカとかではないですね」

真冬の言葉に、雪子は目を見開いた。

「えー、すごい。警察の人、そんなこと言ってなかった」

捜査資料にもその旨の記述はなかった。

いったい捜査本部はどこに目をつけているのだろうか。

「警察にはもちろん訊かれたと思うけど、犯人に心当たりはないんですね」

真冬は念のために訊いてみた。

「ないです。父は人から恨みを買うような人じゃありませんでした。それに会社の経営もうまくいっていて借金とかあまりなかったんです」

雪子ははっきりと首を横に振った。

「事件後、態度や行動のおかしかった人などはいませんでしたか」

真冬は雪子の目を覗き込むようにして訊いた。

「いいえ、わたしのまわりにはそんな人はいませんでした」

きょとんとした顔で雪子は答えた。

「お父さまの会社はどんな事業を展開なさっていたんですか」

ゆったりとした口調で真冬は尋ねた。

「株式会社野々村開発っていう名前で、米沢市内の産業や観光開発の一端を担っていました。自ら土地を買って住宅を分譲するような仕事もしていました。また、コンサルティング業務も多かったです。経営者さんや農家さん、市役所などにアドバイスをするような仕事も少なくなかったですね。たとえば、工場の設備増強なんかの相談に乗っていたり、米沢市役所の移住者支援計画についてプランニングを手伝ったり、あるいは飲食店さんの事業拡張について計画を練ったりとさまざまな事業の後押しをしていました」

誇らしげに雪子は語った。

「幅広く事業を展開なさっていたんですね」

「父は一橋大学経済学部の出身で、若い頃は都市銀行の本店でウェルス・マネジメントの仕事をしていました」

「ウェルス・マネジメントですか……」

真冬にはおぼろげな知識しかなかった。

「おもに富裕層向けなんですが、資産運用や不動産管理、投資管理などを包括的にサポートする仕事です」

「なるほど、銀行で培った知識を、お父さまはふるさと米沢で活かしていたわけですね」

「はい、父が関わった事業の多くが成功していて、父は米沢の人々に敬愛されていました」

ちょっと背を伸ばして雪子は答えた。

「お父さまが亡くなって、会社はどうなったのですか」

気になるところだった。

「関わっていた事業は継続していますし、いきなり廃業するわけにはいきません。父の株式をそっくり相続したんで、かたちの上ではわたしが野々村開発の代表取締役になっています。でも、まさかこんなことになると思っていなかったので、事業内容についてはまったく不勉強なんです。それですべての事業は、専務の湯浅忠司《ゆあさただし》さんに仕切ってもらっています。事実上の社長は湯浅さんですね」

新しい関係者が登場した。

「湯浅専務はおいくつくらいの方ですか」

「あ、ご来館のときにすれ違った人です」

「業者さんだと思ってました」

そのせいで湯浅の印象は薄い。たしか、四〇代なかばくらいだった。

「うちのパソコンというかネットの調子が悪かったんで、ヘルプ頼んだんです。ささっと直してくれました。あんまり顔は出さないんですけど、いざというときは頼りになります」

「お仕事にパソコンを使ってるんですね？」

いかにも山のなかの秘湯だが、この春雁荘でもＰＣは必須なのか。

「予約管理のほか、出納管理にも使っています。わたしパソコン弱くて……」

雪子は照れたように笑った。

「彼は母の亡くなった兄の長男。つまり、わたしにとっては従兄妹《いとこ》なんです。大学を出てから都内のＩＴ企業に勤めていたんですが、七年ほど前に会社を辞めて米沢に帰ってきました。そのとき父が雇ったんです。いま四五歳ですが、父が三年ほど前に専務の椅子に据えました。わたしは子どもの頃からの知り合いなので忠司さんとよんでいます」

雪子は親しげな笑みを浮かべた。

「では、野々村開発は湯浅専務が実権を握っているわけですね」

真冬の問いに雪子は顔の前で手を振った。

「実権を握るなんて大げさですよ。年商一億五千万に満たない会社なんですから。専務の年収だって一千万円には及びません。あとは一般事務処理に携わっている社員が三人ほどのちいさな会社です」

「でも、野々村開発の事業は専務が舵を取っているのですよね」

「湯浅さんには父のような実績もないので、いまは継続事業をなんとかこなしているような状況です。代表者印はわたしが預かっていますので、専務も勝手なことはできないはずです。重要な決断についてはわたしのところに相談に来ます。ちなみに、春雁荘は別会社になっています。こちらは四月からわたしが代表取締役です」

とすると、吉春の事件以前から代表者になっていたということになる。

「ちなみに、こちらの春雁荘さんはどれくらいのお部屋数なんですか」

宿に入る前から気になっていたことを真冬は尋ねた。

「うちは六部屋なんです。最高で二四名のお客さまがお泊まりになれます。番頭さんはいませんが、長年勤めてくれている板前さんと近くのおばさんがふたりいます。この三人にいつも助けてもらっているんです。それから、忙しいときにはバイトの高校生の女の子が三人手伝ってくれます」

こぢんまりとした宿だけに従業員は少ないようだ。

とは言え、切り盛りしてゆくのは大変なことだろう。

「わたしより年下なのにふたつの会社の社長さんなんて本当に大変ですね」

真冬にはとてもつとまりそうにない。

「わたしにはこの春雁荘しかないのです」

雪子はきっぱりと言い切った。

「野々村開発は手放せたらどんなにいいかと思っています。でも、父がすべてを賭けていた会社ですから、なんとか続けたいとは思っています」

ちょっと自信がなさそうな口ぶりで雪子は言った。

「ところで、亡くなる前のお父さまが力を入れていたお仕事などはありますか」

真冬は質問を続けた。

「今年に入って力を入れていたのは《最上川源流ベニバナ推進プロジェクト》という官民一体の事業です」

「どんな事業なんですか」

「米沢市が主体となって生産から加工、販売、観光、文化、教育、景観などの様々な取り組みを一体的に展開し、米沢市の紅花産業を盛り上げてひろげてゆこうというプロジェクトです。父は四月から始まったこの事業に各方面でサポートしたいと考えていました。詳しいことは聞いていませんが、各農家さんの紅花作付面積を増やしてこのあたり一帯を紅花畑だらけにしたいと考えていたようです……紅花ってご存じですよね」

「染料に使う花ですよね。サフラワー油も紅花から取れるんですね」

紅花染の着物を見たこともあるし、サフラワー油を使ったことはあるが、詳しい知識はなかった。

「エチオピアや中近東あたりから世界に広まったキク科の一年草です。サフラワー油もとれますし、生薬としても使います。でも、なんといっても染料としての用途が多いです。古くから中国や日本ではこの花から紅色の染料を得ていました。と言うか、鮮やかな紅色の染料が取れる草木はこの紅花だけだったのです。花から染料に加工するためにはたくさんの手間が掛かり、染料の紅は高価なものとなりました。そのために紅は高貴な色であったのです。着物に用いるのはもちろんのこと、口紅の原料でもありました。山形県は紅花の生産量では日本一なんです」

「そうなんですか」

「はい、村山地方と置賜地方が中心です。その六割近くは西置賜郡の白鷹町で生産されています。米沢市から北へ三〇キロ近く離れた自治体です。米沢は生産量では白鷹町には遠く及ばないばかりか、市内でも紅花栽培が行われていることを知らない人も少なくないのです。そこで、ここ米沢でも、紅花産業を盛り上げようとしてこの事業が始まりました。李山をはじめ、このあたりの地域は最上川の源流地域に当たりますので、父はとくに力を入れていました」

なつかしそうに雪子は語った。

「きれいなんでしょうね」

「紅花の花期は七月頃です。頭状花序《とうじょうかじょ》といってタンポポと同じように、たくさんの花びらがつきます。咲いたときには鮮やかな黄色ですが、オレンジに変わり、やがて濃い朱色になっていきます。わたしも大好きな花です」

雪子はうっとりと言った。

「見てみたいです」

紅花という名なのだから赤い花だと思い込んでいた。

「美しい花ですよ。真冬さんも次回はぜひ開花期に紅花の取材においでください」

にっこりと雪子は笑った。

「はい、その機会がありましたら、ぜひ」

来年の七月に米沢に来ることは難しいかもしれない。

書類だけの調査だけでも、真冬には膨大な仕事量がある。

来年の七月頃に今回のような現地調査で、どこかの土地に出向いている可能性も高いのだ。

「実はこの作務衣、紅花染なんです」

雪子は左右の手で自分が着ている作務衣の生地を胸の上あたりでつまんで微笑んだ。

「本当ですか」

最初に見たときからきれいな色だと思っていた。

「はい、篠原さんが織ってくださいました」

微笑みを浮かべたままで雪子は手を離した。

「とっても素敵な薄紅色《うすくれないいろ》ですね」

幼女の染まった頬を思わせる清潔な色合いだ。

「これは中くらいの紅色に染めたものです。もっと紅く染めるにはさらにたくさんの紅花を使います。でも、わたしはこの色が大好きなんです」

雪子は言葉に力を込めた。

「よく似合ってますよ。なんか雪子さんのために染めた色みたい」

「篠原さんは紅花染の織物にいちばん力を入れてるんです」

照れたように雪子は答えた。

雪子が調理に入るという三時半も近づいてきた。

真冬は質問を続けた。

「警察の捜査は、あまり進んでいないのですよね」

「そうなんです。丸の内署には捜査本部というのができているそうですが、刑事さんがわたしに話を聞きに来たのも最初のうちに三回くらいです。必要があれば、また連絡すると言ったきり、放りっぱなしです。いったい捜査は続いているのでしょうか」

被害者遺族はこうした感情を抱くことが多い。

「捜査本部は一年間は継続します。捜査は続けられているはずです」

かばうわけではないが、これは事実だ。

二〇一五年に発表された警察庁の方針で、殺人などの凶悪事件の捜査本部での集中捜査は事件発生後一年間とされている。

ただ、捜査本部は初動捜査も含めて三週間から一ヶ月が一期となっている。一期を過ぎると捜査員は四分の三に減らされ、たいてい事件は長期化する。さらに長期化するとまたも人員が減らされて当初の半分くらいの人数となってしまう。

捜査本部が解散されて五年を経過するまでは管轄警察署の専従班が捜査を行う。本件であれば米沢丸の内署刑事課で専従班を作ることになる。

五年を経過した事件、いわゆるコールドケースについては、警視庁、道府県警本部に設置された未解決専従チームが引き継いで捜査することになる。

「そうなんですね。でも、何度か電話して捜査の進み具合を訊いているんですが『目立った進展はありません』と素っ気ない返事ばかりで……人ひとりが殺されたのに、もっと力を入れられないんでしょうか」

雪子は言葉に悔しさをにじませた。

「捜査が熱心に感じられないのは、お気の毒だと思います。なにか捜査について不自然に感じた点はありませんか」

　真冬の問いに雪子は目を天井にやって少しの間考え込んだ。

「とくにないです。ただ、不熱心だなぁと思うだけです」

　不愉快そうに雪子は口を尖《とが》らせた。

　さらに質問を続けようとしているところに内線電話が鳴った。

　雪子はぺろっと舌を出して床の間の受話器を取った。

「わかった。いますぐ行きます」

　受話器を置くと、

「すみません、下で呼んでますんで」

「お時間頂いちゃってごめんなさい」

　話を聞く必要はあったのだが、真冬は申しわけない気持ちで詫《わ》びた。

「いいえ、楽しかったです。真冬さん、ゆっくりお風呂に入ってくださいね」

　雪子はにっこりと笑った。

「了解です、雪子さん。お料理楽しみにしてますね」

　真冬は弾んだ声で言った。

「お夕飯は六時頃、お部屋にお持ちしますね。お飲み物はそのときに言ってください」

雪子は一礼して部屋から出ていった。

真冬はさっそくお風呂に行くことにした。

お目当ては露天風呂だ。

着いたときに雪子に教えてもらったが、露天風呂は内湯から続いている。

真冬は浴衣に着替えて階段を降りると、赤のれんが下がっている引き戸を開けた。

硫黄の匂いが漂っている。

部屋と同じように脱衣室は掃除が行き届いている。

棚に並んでいる竹かごには誰の衣服も見あたらなかった。

浴室に入ると、五人が入ればいっぱいになりそうな内湯は御影石張りだった。

真冬はシャワーで髪の毛と身体をていねいに洗うと、浴室の右隅にあるドアを開けて外へ出た。

ヒノキかヒバなのか、白木の湯船が目の前にあった。

内湯の半分くらいの大きさだが、真冬ひとりならゆったりだ。

浴槽には木樋《きどい》からとうとうと湯が流れ込み、縁からあふれ出ている。

風が冷たい。真冬はすぐに湯船に入って肩まで湯に浸かった。

硫黄の匂いはかすかにするが、白濁したお湯ではなく透明でさらっとしている。

ややぬるめだが、のんびり入るのにはちょうどよい。

身体とともにこころがほぐれてゆくのがわかる。

「いいねぇ」

真冬の口からひとり言が漏れ出た。

焦げ茶の低い木柵の向こうには、ひろびろとした風景がひろがっている。

砂利の多い狭い河原に最上川の一筋の流れが銀色に光って流れていた。

正面は杉森で遠くには少し黄色く染まりかけた低い山並みが見える。

コオロギなのか、虫の声がコロコロとどこかから聞こえてくる。

被害者遺族の雪子から話を聞けたのだから、春雁荘を宿として選んだ意味はある。

だが、日も暮れぬうちから、こんな素敵な時間をすごせていることにはいささか気が引ける。

五月に特別地方調査官の内示を受けたときには大きく落ち込んだ。

キャリアとして順調に進んできたし、仕事には全身全霊を掛けてきた。大きな失態をした覚えもなかった。

それにもかかわらず、警察官僚としての檜舞台を下ろされ、言葉は悪いがドサ回りをさせられるように感じた。まさに流刑《るけい》になった気持ちだった。自嘲的に自分をノマドに喩《たと》えた。

だが、ノマド調査官の立場は、自分にとって大きな意味があるのではないかと思い始めた。

わずかな期間だが、いくつかの土地に出かけてたくさんの人と出会った。

人々の悩みや苦しみ、喜びや幸せを肌で体験する機会を得ることができた。

官僚の仕事がどうこういう以前に、ひとりの人間として成長できる機会を与えられていると感じてきた。

何度か目をつむり、真冬は身体にお湯がしみ通るような心地よさを味わった。

そのうちに心身ともに完全にリラックスしてきた。

すっかりあたたまった真冬は、湯から上がり内湯を通って脱衣場に出た。

着替えをすませた真冬は帳場に寄ると、雪子に夕食のときの生ビールを注文した。

満足しきって二階へ上がると、窓の外の森も最上川も夕陽に染まり始めていた。

しばらくの間、真冬は暮れゆく最上川源流の景色に見惚れて時をすごした。

「失礼します。お食事お運びしますね」

六時をわずかに過ぎた頃、廊下から雪子の声が掛かった。

「はーい、お待ちしてました」

真冬はワクワク声で答えた。

ふすまが開き、雪子と六〇歳くらいのエプロン姿のひっつめ髪の女性が、料理を並べた盆を抱えて入ってきた。

よい香りが部屋に漂う。

ふたりは手際よく皿や小鉢を座卓に並べてゆく。

あっという間に見た目にも美味しそうな料理がずらりと並んだ。

「すごーいっ」

真冬は思わずはしたない喜びの声を上げてしまった。

仲居らしい女性はいったん消えると、すぐに中ジョッキに入った生ビールを持って来た。

「飯田さん、ありがとうね」

雪子の声に仲居は一礼して部屋から出て行った。

「仲居さんですか」

「わたしを全面的に助けてくれているおばさんみたいな存在です。明日も朝倉さんを駅までクルマでお送りするのは彼女なんですよ」

「あ、お世話になります」

「おまちどおさまです。米沢の郷土料理をいくつかご用意しました。ちょっと説明させてくださいね」

微笑みを浮かべて雪子は言った。

「お願いします」

「八寸代わりにこちらの塩引《しおびき》寿司をどうぞ。米沢は海から遠いので、むかしは鮮魚が手に入りませんでした。で、鮭の塩引でお寿司を作ってきました。紅白の色がおめでたいのでお正月料理には並べることが多いです。隣は冷や汁と言いまして、ゆでた野菜に貝柱と干し椎茸からとった出汁《だし》をかけたお料理です。なかに凍みコンニャクというて高野豆腐のコンニャク版が入っています。いまは一軒しか作っている農家がないので、置賜地方だけでしか食べられないんですよ。お刺身は鯉の洗いです。酢味噌で頂くのも美味しいんですけど、うちではよく泥を抜いてあるのでお醤油でどうぞ。こちらの鯉の甘煮。そろそろ脂が乗り始めたので美味しいと思います。あと大根おろしと一緒なのがアミタケというキノコです。甘酢おろし和《あ》えにしています。そのお隣がハタケシメジの煮びたしです」

雪子は嬉しそうに料理を説明していった。そのほかにもニシンの煮物などの皿や小鉢が並んでいた。

「ありがとうございます。おすすめに従って塩引寿司から頂きます」

真冬の言葉に雪子はにっこりと笑った。

「あとで芋煮と揚げ物、ご飯を持って来ますね。どうぞごゆっくり」

雪子は畳に手を突いてお辞儀すると部屋を出て行った。

塩引寿司はよく食べるサーモン寿司とは見た目はちょっと似ているがまったく違うものだった。

塩が鮭の味を引き立てている。なぜか真冬にはとてもなつかしい味に感じられた。

冷え汁の出汁《だし》の旨味と甘さは素晴らしかった。凍みこんにゃくは独特の食感が楽しかった。

鯉の洗いは雪子の説明通り、泥臭さが少しも感じられなかった。いままで食べた、どの鯉の洗いよりも舌触りがなめらかで味も濃く感じられた。

甘煮もくどくない甘さと深みのある旨味がたまらなかった。口の中でほどけてゆく鯉の身に真冬はちいさくうなった。

季節ならではのキノコ類は見たことのない種類だった。

アミタケは甘酢の大根おろしとのマッチングが最高だった。ハタケシメジは松茸にも似た香りが食欲をそそった。

キノコは足が早い食材なので、この季節に春雁荘に泊まれたことはラッキーだ。

しばらくすると、雪子が湯気を立てた大ぶりの木椀と、唐揚げを持って来てくれた。

「こちらは芋煮です。東北各地で作るようですけど、米沢では米沢牛を使うんですよ。里芋と牛肉、豆腐、各種のキノコ、コンニャク、ネギを醬油仕立てに煮込んだものです。揚げ物は鯉の唐揚げ。ご飯お持ちしましょうか」

ジョッキが空になっているのを見て雪子が尋ねた。

「ご飯はもう少し後でいいみたい。日本酒を二合くらい頂きたいです」

食べるのに夢中であまり飲んでいなかった。ご飯よりもまだお酒を楽しみたい気分だった。

「じゃあ、地元の『東光』ってお酒をお持ちしますね。冷酒でいいですか」

「ええ、それでお願いします。二合くらい」

雪子は明るくうなずいて去っていた。

芋煮は聞いたことがあったが、食べるのは始めてだ。

ふうふうと息を吹きながら、真冬は芋煮を口もとに持っていった。

美味い。コクのある醬油汁に溶け出した、米沢牛の脂が沁みた里芋がなんとも言えない。

じんわりとしたキノコや野菜の甘みは、こころをあたためてくれるようだった。

からりと揚がった醬油味の唐揚げは、洗いや甘煮とは違ったジューシーな魅力があった。

美味しいものを食べていると、身体の隅々までエネルギーが充電されていくような気がする。

飯田が持って来てくれた美味しい冷酒を飲みながら、真冬は幸せいっぱいの気持ちになった。

「もう一合くらい飲んじゃおうかな……」

真冬はひとりつぶやいた。

窓の外はすっかり宵闇に覆われ、最上川の瀬音が心地よく真冬のこころに響いていた。

夕食後、真冬はいつものように今川真人《いまがわまさと》に電話を入れた。

今川は真冬の配下の調査官補で二五歳のキャリア。階級は警部だった。

本庁にあって真冬の調査の補助をする立場の人間である。

「お疲れさまです。初日ですね。どんな状況ですか」

すぐに今川は電話に出た。

「お疲れさま。運がいいというか、被害者遺族と出会えてね。娘さんなんだけど、春雁荘って温泉旅館の若女将なの」

弾んだ声で真冬は言った。

「おかしいですね、今回の現場は米沢市の中心部だから泊まりはビジネスホテルだなって言ってましたよね」

たしかに出発前にはそう言っていたのだが。

「まぁ、今日の行動結果を報告するね」

真冬は現場を観察し、篠原と出会って春雁荘に来るまでを詳しく説明した。

「それ、朝倉警視のお見立て通り間違いなく計画殺人ですね」

考え深そうに今川は答えた。

今川は大脳の回転が真冬よりも速い男だ。

「そんなわけで今日の食レポね」

「待ってください。待って、嫌だってぇ」

真冬は米沢郷土料理コースの写真を次々に送った。

「あーあ、来ちゃった。なんです？　この美味《うま》そうな鯉のうま煮。照りが違いますよ」

見なければいいのに、必ず今川は写真を見る。

彼とはグルメ仲間なのだ。

いや、今川は真冬のことをカタキと思っているに違いない。

「米沢は鯉の産地としても知られてるの。きれいな水でしっかり泥を吐かせてあるから臭みゼロなんだ」

「それでこの鯉の洗いも酢味噌じゃなく醬油で頂くわけですね」

「さすがは今川くん。その通りだよ。鯉の洗いを酢味噌で食べるのは泥臭さを消すためなんだよね」

「この寿司は見たことないなぁ」

「郷土料理の塩引寿司って言うんだ。その名の通り塩引の鮭のお寿司。山国ならではのお料理だけど、一度食べるとヤミツキだよ」

「はい、さようなら」

「ちょっと待ってよ。まだ続くんだから」

「本官は多忙ですのでこれで」

「芋煮も美味しかったよ」

「くそーっ、職権乱用だ。名前を言えないあの審議官に言いつけてやるっ」

「アケチモート卿には、宿泊先は自由って言われてますよ」

「ひどいっ。僕は今夜は外に出られずにカップ麺ですよ」

「あら、お気の毒」

「お気の毒ですよ。では」

いきなり電話は切れた。

真冬はしばらく笑い転げていた。

第二章　米織の誇り

1

翌朝の朝食後。
ひとっ風呂浴びた真冬はすでに外出着に着替えて化粧も終えていた。
今日の午前中は野々村開発を訪ねるつもりだった。
だが、駅に送ってもらうためには、一〇時の送迎車の出発を待つしかない。
真冬は雪子に頼んで野々村開発の登記簿謄本を見せてもらうことにした。
捜査に不満を持っている雪子はこころよくＯＫしてくれた。
「朝倉真冬さんのお部屋はこちらですかね」
聞き覚えのない男の声に真冬は驚いて訊いた。

「はい、どなたです？」

「山形県警の者ですが」

男はいくぶん高めの声で言った。

真冬は唐紙を開けた。

背の高いひょろっとした三〇代半ばくらいの男が立っている。

ブラックスーツに紺色を基調とした地味めのストライプタイを締めている。

シャツはもちろん白だ。

「なんの御用ですか」

真冬は淡々とした声で訊いた。

「ちょっと話聞かせてもらっていいですかね」

なれなれしい調子で男は訊いた。

「どうぞお入りください」

真冬の言葉に男は格子戸をがらりと開けて部屋に入ってきた。

なかなか品のよい顔立ちだ。

鼻筋も通っていて目鼻立ちは整っている。

ベリーショートの黒髪もすっきりとしたスタイルで野暮ったくはない。

刑事というよりは、有能な企業人というイメージだ。

「あなたはなんで野々村開発の登記簿謄本なんて見ようとしていたんですか」

言葉使いはていねいだが、どこか叱責するような口調だった。

「どうしてそのことを知ってるんですか」

真冬には謎だった。

「さっき、廊下でここのおばさんが持ってたんですよ。訊いたらあなたが女将に頼んだんだって言ってましてね。わたしが代わりに持って来てあげましたよ」

男は右手にした登記簿をひらひらさせた。

なるほど、なかなか謄本が来ないのは、この男が止めていたからだ。

「そうですけど」

真冬はあっけらかんと答えた。

「そうですけど、じゃありませんよ。理由を聞いているんですけど」

いらだつ口調で男は言った。

「そんなとこに立ってないで座ればどうですか。唐紙も閉めてください」

真冬は自らも座布団に座り直して言った。

「あ、はい……」

鼻白んだような顔で男は唐紙を閉めて座布団に座った。

「もう一回訊きますよ。あなた、なんで登記簿なんて必要なんですか」

「話す必要を感じません」

男の顔色が変わった。

「ここの女将に訊いたら、朝倉さん、あんた東京から来たライターなんだってね」

ムッとしたように男は言った。

すでに真冬の名前も押さえているようだ。

雪子に尋問したのに違いない。

「ええ、旅行雑誌の仕事で昨日、米沢に来ました」

真冬はさらっと答えた。

「旅行雑誌のライターが登記簿ですか?」

皮肉っぽい調子で男は訊いた。

「野々村吉春さんの殺害事件について調べてるんですよ」

これもすでに雪子から聞いているだろう。隠しても無駄だ。

「あなた、いったいなんでそんなこと調べてるんですかね」

ねちっこく男は訊いた。

「仕事だからです」

木で鼻をくくったような真冬の答えに、男は眉間にしわを寄せた。

「仕事？　旅行ライターが殺人事件を調べるなんておかしいでしょう。それはわたしら警察の仕事だ」

男は胸を反らした。

「その前にあなたは任意でわたしを取り調べてるんですか」

真冬は男の目を見据えて訊いた。

「そうですよ、なんなら署にご案内しましょうか」

ニヤニヤ笑いながら、男は答えた。

「あなたは国家公安委員会規則第四号警察手帳規則を遵守していません」

真冬はクールな声で告げた。

「なんですって！」

男は目を見開いて叫んだ。

「第五条に『職務の執行に当たり、警察官、皇宮護衛官又は交通巡視員であることを示す必要があるときは、証票及び記章を呈示しなければならない』とあるのは知らないはずないですね。警察手帳を提示しなさい」

真冬は厳しい調子で命じた。

「あなた弁護士さん？」

疑わしげな声で男は尋ねた。

「違います。わたしのことはいいから、早く提示を」

にべもない調子で真冬は再度命じた。

「これでいいですか」

スーツのポケットから警察手帳を取り出した男は、しっかりと手帳を提示した。

証票と呼ばれる写真入れの身分証明書覧には「警部補　二宮範男《にのみやのりお》」と記されている。

「ああ、二宮さんの階級は警部補なんですね」

真冬は証票と二宮の顔を見比べながら訊いた。

「そうですよ」

二宮は得意げに答えた。警部補としては若いほうだろう。所轄なら係長の地位に就く階級である。

「所属はどちらです」

証票には所属は記されない。

「山形県警本部の捜査一課です」

ますます得意そうに二宮は答えた。

となると、役職は主任だ。

「じゃあ、優秀な刑事というわけでしょ？　市民に対する態度がよくないですよ」

真冬はふたたび厳しい声で言った。

「捜査本部の連中もダラダラしてばかりだし、聞き込みに来れば、こんな変な……失礼……変わった人に出っくわすし、米沢ってのはなんて街なんですかね」

独り言のような調子で二宮は言った。

「へぇ、捜査本部はダラダラしてるんですか」

真冬は興味を引かれた。

二宮が機嫌が悪いとすると、不正や懈怠《けたい》に加担している一派ではない可能性が高い。

「おっと口が滑っちゃいました。僕はもっと真剣に仕事したいってだけですよ」

しまったという二宮の顔つきに、真冬は笑いそうになった。

「捜査本部に参加して日が浅いんですか」

これも二宮が敵か味方かの指標になる。

「先週の火曜……って、なんでそんなこと訊くんだ。あんたいったい何者だよ」

二宮は真冬の顔をジロジロとぶしつけに眺めた。

ひとつの賭けだが、いままでの少ない経験から、二宮はシロだと感じられた。

真冬はポーチを引き寄せて、なかから警察手帳を取り出した。

「わたしはこういう者です」

真冬は二宮の顔の前に警察手帳を開いて証票を提示した。

二宮の表情は激しく変化した。

警察手帳を見て、真冬の顔へと視線を移した。

どこかぽかんとした顔つきだった。

続けて証票をしっかり見つめると、口をあんぐり開けた。

「あ、あの……どういうことでしょう?」

二宮の声は震えていた。

「わたしは朝倉真冬と言います。警察庁の職員です」

真冬は淡々と名乗った。

「だって、そんな……」

うろうろと目を泳がせて二宮は言った。

「警察手帳は本物ですよ」

明るい声で真冬は言った。

「そりゃあ疑ってません。でも、一課長と同じ階級だなんて」

二宮は肩をすぼめた。

「朝倉警視、失礼な口をきいて大変申し訳ございませんでした」

ガバッと手をついて二宮は座卓に頭を擦りつけた。

「わたしが警察職員だから、態度を変えても意味がありません。わたしたちは誰に対しても失礼な態度で接してはならないのです」

諭すような口調で真冬は言った。

こんなことを何人にも伝えなければならないことが真冬には悲しかった。

全国の警察組織は、市民に対する態度といういちばん基礎的なことを叩《たた》き込んでほしい。

警察官は市民より偉いわけではない。また、市民を叱る仕事ではないのだ。

「わかりました。今後は市民に対して、決してただいまのような態度を取らないことを誓います」

眉を吊り上げて二宮は宣言するように言った。

「二宮さんの態度で、山形県警、ひいては警察に対する一般市民の感覚が変わるのです」

くどいと思ったが、とても重要なことなので言葉にするしかなかった。

「承知致しました。肝に銘じます」

ふたたび二宮は深く頭を下げた。

いままでたしなめた刑事たちよりはマシな態度だったので、二宮への警告はこの程度でよいだろう。

「ところで、朝倉警視、質問してよろしいでしょうか」

顔を上げた二宮はまじめそのものの顔つきで訊いてきた。

「そんなにていねいな口をきく必要はありません。あなたの同僚に話すように聞いてくれればいいのです。それに階級名は止めて、ただの朝倉でお願いします」

真冬の言葉にとまどったように二宮は口を開いた。

「はぁ……では、朝倉さん。どうして野々村吉春殺害事件のことを調べていらっしゃるのですか」

不思議で仕方がないという二宮の表情だった。

二宮の目は真冬の行動を純粋に謎と考えているように感じ取れた。

この男は不正や懈怠に関わっているとは思えない。

真冬は真実を語り、二宮の力を借りようと決めた。

「わたしは警察庁長官官房の地方特別調査官という役職にあります」

静かな声で真冬は自分の職責を告げた。

「ちょ、長官官房」

二宮は真っ青になった。

警察庁内でも長官官房はその中枢部分にある。

「そうです。わたしの職は刑事局の立場から、警視庁と各道府警本部の綱紀《こうき》のゆるみや不正を発見する任務が課されています。そのような事態を発見した場合には、まずは刑事局内で矯正することになります。首席監察官をトップとした監察部局とは独立した調査ですが、事案の性質によっては監察官に送付することになります」

緊張した顔つきで二宮は聞いている。

「二宮さんは、野々村吉春殺害事件の捜査本部に参加しているのですよね」

真冬は念を押した。

「さっきお話ししたとおり、先週の火曜日に本部に戻るほかの者と交替で参加しました」

「『捜査本部の連中もダラダラしてばかりだ』と言ってましたよね」

この言葉の具体的な内容を確認したかった。

「あわわわ……そんなこと言いましたっけ」

二宮はあわてて口を押さえた。

「気にしないでください。誰にも告げ口なんてしません。それはわたしが予想していたことなのです」

やわらかい口調で真冬は言った。

「予想していた？」

不思議そうに二宮は首を傾《かし》げた。

「捜査本部は誰の仕切りですか？」

真冬は問いを重ねた。

「刑事部長が本部長ですが、いまは臨席されていません。おもに仕切っているのは、刑事部管理官の仙石秀之《せんごくひでゆき》警視です。それから副本部長の矢野正俊《やのまさとし》米沢丸の内署長もよく臨席していますね」

「捜査本部での署長はお飾りのことが多いと聞いていますが」

誰かからそんなことを何度か聞いていた。

「いや、今回の捜査本部《チョウバ》はちょっと雰囲気が違いますね。矢野署長は刑事畑出身で仙石管理官のもとの上司だそうです。管理官は署長の発言を重視しています」

「ダラダラとはどういう意味ですか」

訊きたかったのはこのことだ。

「事件発生から半年が経過して著しく士気は下がっています。人員も当初の八〇人態勢から三五人にまで減らされているのは仕方がないのですが、捜査員のやる気のなさが目に見えているのです。僕は予備班なんですが、今日も捜査資料を再チェックしろとの指示です。やってられないので、被害者遺族に聞き込みに行きたいと申し出たら、仙石管理官は『すでに捜査済みだ』とけんもほろろです。食い下がったら『勝手に行ってこい』とこうです。上がそんな状態ですから、だらけた雰囲気がほとんどの捜査員に蔓延しています。相方の丸の内署の若僧が一昨日からひどい風邪を引いちゃってるんでひとりで来ましたがね、僕はこれは異常事態だと思っています。いやしくも殺人事件ですよ」

憤懣《ふんまん》やるかたないという声で二宮は言った。

「たしかに一番大切に扱うべき事件ですね」

真冬はあごを引いた。

「先週現場を見てきたら、今回の犯行は用意周到に計画されたものだと感じました」

「わたしと同じ感想ですね」

「現場を見に行ったのですね！　朝倉さんもそう思いましたか」

二宮は目を見開いた。

嬉しそうに二宮は言った。

二宮はやるべきことをやっている。

「ええ、上杉神社のなかでも目撃者が出ないような死角を選んでいますね」

真冬の言葉に、二宮は得たりとばかりにうなずいた。

「そうなんですよ」

「そのことを捜査本部に報告しましたか」

真冬の問いに、二宮は冴《さ》えない顔で答えた。

「ええ、もちろんです。ですが、ほとんど無視されました。上杉神社境内には死角になる場所はほかにもいくつもある。現場はたまたま死角になっている場所だったのだろうという意見が大勢を占めています」

「わたしにはちょっと信じられませんね」

「そう思います。たしかに境内には死角のある場所がたくさんあります。たとえば、境内二ノ丸側の高台には上杉謙信祠堂跡という場所があり、四方向から完全に死角になっています。しかし、夜間に祠堂跡に呼び出されれば誰だって警戒するはずです。

ですが、現場のあずまやは夜間でも明るく、外の道路からも近くて気軽に訪れることのできる場所なんです」

二宮は熱っぽく話した。

「ちょっと待ってください。被害者の野々村吉春さんは、事件当夜、誰かに呼び出されたのですか」

真冬は聞きとがめた。

「はい、当夜、野々村開発で仕事をしていた野々村吉春さんのスマホに一本の電話が掛かってきました。着信記録で午後八時二三分とわかっています。電話を取ってすぐ、吉春さんは顔色を変えて険しい表情で会社を出て行ったとのことです。この事実は残業していた従業員の証言によって確認されています」

「発信者は判明していないんですね」

「残念ながら……。発信元は、現場至近のおまつり広場の公衆便所脇に設置されている電話ボックスの公衆電話です。指紋は採取されておらず、目撃者もいません。付近には防犯カメラもなく、何者が呼び出したのかはわかっていません」

公衆電話を用いたのは発信記録から身元を辿《たど》られることを避けたためだろう。

「被害者の自家用車がおまつり広場に駐車してあったのですよね」

これは篠原からも聞いていた内容だ。

「ええ、野々村開発はおまつり広場から九〇〇メートル、現場から一キロちょっとしか離れていない米沢市丸の内二丁目にあります。歩ける距離ですが、日頃から野々村吉春さんは短距離でもクルマを使う人間だったようです」

夜間のことでもあるし、一キロならクルマを使う人は珍しくないだろう。

「事件当夜、野々村吉春さんは会社にいるところを何者かに呼び出された。その内容は『話し合いたいことがあるので、上杉神社の謙信公座像裏のあずまやまで来てほしい』というような内容だったと推測できますね」

真冬の言葉に二宮は大きくうなずいた。

「僕もそう思います。状況から見てまず間違いないでしょう。野々村吉春さんはなんらかのトラブルを抱えていた可能性が高いと思っています」

「お嬢さん……ここの女将の雪子さんは吉春さんのことを『人から恨みを買うような人じゃありません』と言っていました。それに、会社の経営もうまくいっていたと言ってました」

「僕が調べた範囲でもそうです。吉春さんは厳しいが、いい経営者だったようです。従業員からも敬愛されていた感じですね」

二宮は複雑な表情に変わって言葉を継いだ。

「ですがねぇ、トラブルってのは外から見えにくいもんです。被害者に何の落ち度がなくても一方的に恨まれるようなケースだって少なくない。極端な例はストーカー犯罪でしょう」

「二宮さんの言うとおりですね」

「反社などを除くと犯罪被害者には何らの責任のない場合が圧倒的に多いですよ。僕の個人的な感覚ですがね」

刑事として二宮はそんな事件をたくさん扱ってきたのだろう。真冬はいままでの仕事のなかでそうした実感を持つことはできなかった。被害者の責任というのは統計もとりにくいに違いない。だが理不尽な被害を受けている人が多いことは想像できる。

「登記簿から見えてきたことはないですか」

真冬は質問を変えた。

すでに二宮はチェックしているはずだ。

「まず、朝倉さんが見ようとしていた商業登記簿謄本は、雪子さんが代取になる際に確認のために入手した登記簿謄本なんで今年の八月一七日付です。見てもあんまり意味ないと思いますよ。役員欄にも怪しそうな人物は見受けられません。代取は、吉春さんほかの取締役として専務である湯浅忠司の名が記載されています。監査役は吉春さんの妹です。仙台に住んでいて事件とは無関係だと思われます。というか、この女性は名前を貸しているだけですね」

「そうですか」

真冬は冴えない声で答えた。

「実は本店所在地や野々村吉春さんの自宅の不動産登記簿謄本も山形地方法務局の米沢支局に行って閲覧してきました」

二宮は得意げに言った。

「土地建物謄本の制限物権欄はどうですか?」

真冬はいくぶんかの期待を込めて訊いた。

悪質な金融業者などから借金をしていて、それが事件の引き金となったということは考えられる。

「健全そのものですね。自宅土地のほうですが、三年前、メインバンクのヨツワ銀行から三千万円を借りたときの抵当権が設定されていましたが、すでに返済済みで抹消されています。怪しげな金融業者などの名はひとつも見られません」

メガバンクのヨツワ銀行がメインバンクだったのか。ヨツワから高額の融資を受けられた事実は、野々村開発の経営状態が健全であることを表しているとも言える。

「野々村開発の経営状態は良好だという雪子さんの言葉にウソはないようです」

二宮の結論は変わらないだろう。

「鑑取りの状況はどうですか？」

真冬の言葉に二宮は渋い顔を見せた。

目撃者がいない上に計画的な犯行とすれば、被害者の関係者に当たる鑑取りこそが重要な鍵となってくる。

「当日、残業をしていた従業員はふたりです。吉春さんが会社を飛び出していったようすもこのふたりからの証言です。この者たちが共謀してウソをついている可能性はありますが、動機がありません。また、ほかの従業員についてはアリバイが取れています」

「専務の湯浅忠司さんはどうですか」

「当夜は東京出張に出ていて米沢にはいませんでした。宿泊したホテル側の証言も取れています。ほかの従業員共々待遇はよかったようで動機も見あたりません」

二宮の声は相変わらず冴えなかった。

「となると、取引先か交友関係ですかね」

真冬の問いに、二宮の顔はさらに元気がなくなった。

「捜査本部ではその両方に鑑取りを行っているんですが、どうも勢いがなくて……」

「勢いがないとは？」

「時間を掛けているわりには聞き込み件数が少ないんですよ。気合いが足りないんですね。いまのところ、有力な情報は上がっていません」

二宮は肩を落とした。

「そう……残念ですね」

なぜだか急に二宮の顔が明るくなった。

「ただね、僕がひとりで調べた範囲ですけど、ひとりだけグレーと考えられる人間が浮上しているんですよ」

二宮は鼻をうごめかした。

「そうなの！　何者ですか」

真冬は弾んだ声で訊いた。

「篠原正之という米織職人です」

二宮は真冬の目をまっすぐに見てゆっくりと言った。

「なんですって！」

真冬は叫び声を上げて、思わず自分の口を掌《てのひら》でおさえた。

「どうかしましたか」

けげんな顔で二宮は訊いた。

「いえ、昨日、上杉神社の観光案内所のところで知り合って、こちらの春雁荘さんを紹介してくれた方なんです」

自分に対して疑いを向けてきたことについては触れなかった。

もし、篠原が犯人だとすれば、あの態度もまったく別の意味を持つことになる。

「あ、そうだったんですか、篠原はここでも作品を取り扱ってもらってるんですね」

二宮はそれほど驚いたようすもなく言った。

「土産物コーナーに置いてあります。でも、どうして篠原さんを疑っているんですか」

真冬の声はわずかに震えた。

篠原と話をするなかで、そのまじめそうな人柄に好感を持ち始めていた。

まさか計画殺人のできるような男にはみえなかった。

「篠原という男は三七歳で米沢市出身です。両親はともに市役所勤めでしたが、いまは引退して長井市に移り住んでいます。本人は東京の大学を出てからアパレルメーカーに勤めていたんですが、一二年前に米沢に帰ってきました。それからある米織メーカーに研修生として入り数年間修業をしました。どうやら自分でも米織の技術を習得してから、森島信子《もりしまのぶこ》さんという米織作家に弟子入りしましてね。彼女の工房で身の回りの世話をしながら機織りをしています。自分でも《織工房 彩風》という看板を出していますが、森島さんの工房の一部を間借りしているだけです」

淡々と二宮は語った。

篠原の来歴がよくわかった。昨日、篠原が口にしていた言葉と符合する。

「なるほど、それで野々村吉春さんとはどのような関わりがあるのですか」

問題はここからだ。

「実は森島さんの工房は、土地建物とも野々村開発が所有しているんです。かつてそこで米織をやっていた作家が引退するときに吉春さんに売ったんですね。それを森島さんに賃貸したわけです。森島さんの前の工房が老朽化して取り壊すことになったためだそうです。ところが、家賃が一年以上も滞っているんですね。内容証明等で催促してもなかなか返済がなかったために、吉春さんが直接訪ねて催促することもあったわけです。そこで、ふたりが口論する姿を近所の住民が何度か目撃しています」

「でも、よくそんなことを聞き込みでつかめましたね」

「森島さんの工房にたどり着いたのはラッキーでした。工房は市内の大町一丁目にあるんですが、すぐ近くに野々村開発が事業拡張に関わっていた飲食店さんがありましてね。そこに聞き込みに行ったら、吉春さんと篠原のトラブルをよく知っていたんですよ。篠原がその飲食店の常連で愚痴をこぼしていたそうです。『たいした家賃じゃないんだから、もう少し待ってくれたっていいじゃないか』って酔っ払ってこぼしていたそうです。で、工房の近所に聞き込みに言ったらふたりの口論を聞いたことがある住人が三人ばかり出てきました」

「それは有力な情報ですね」

「ひとりの目撃者の話では、吉春さんは『おまえも三手組の家柄なら信義を重んじろ』などと言って篠原をなじっていたと聞いています。篠原は『そんな錆《さ》びついた話を持ち出すな』と反論していたそうです」

おもしろそうに二宮は言った。

「三手組という言葉の意味がわからないんですが」

「上杉家中の武士は侍組、三手組、扶持方の三つの身分に分かれていたそうです。その下には足軽などがいます。これが上士、中士、下士にあたるわけです。侍組と三手組は知行地取で扶持方は蔵米取です。それで、野々村家は三手組の家柄だったそうです。僕がちょっと聞いたところでは、三手組というのは大目付、町奉行、勘定奉行などの役方に就くので実務的にはそれなりに高位の武士ですね。侍組は家老職や城代などの役に就くそうです。時代によって変動もあったようですが」

淡々と二宮は説明した。

「ご先祖は郡奉行だったと雪子さんが言っていました」

この春雁荘を始めた作左衛門のことだ。

「となると、農業政策のトップですね。各藩に設けられている職掌です」

「米沢藩のことにあまりに詳しいんでびっくりしました」

素直な真冬の感想だった。

「僕は意外と歴史小説とか好きなんですよ。以前、『天地人』を読んだときにちょっと調べてみたんです」

嬉しそうに二宮は笑った。

「いずれにしても、野々村吉春さんは、いまでも家柄を誇りにしていたというわけですか」

信じられない思いだった。

「僕は米沢の人間じゃないんで、詳しいことは知らないんですが……ここ米沢では上杉家臣の家は、いまだに市民にある種の敬意を払われていることも多いんだそうです」

「えー本当ですか」

同じ城下町の金沢はどうなのだろうか。

真冬は五歳で郊外に移り住んだので、金沢城下の住民の雰囲気はよくわからない。

「で、家臣の筋の方もそれを誇りと思って生きている。たとえば、積極的に家屋敷の前の落ち葉を掃いたり雪かきをしたりして街をきれいにしている人も少なくないそうです」

「そう言えば、米沢の街はきれいですね」

街中にゴミなどがあまり見あたらなかった。

「その代わり、とくに高位の家柄の人はプライドも高いそうです。吉春さんも馬乗りの身分なんでそのひとりだったようですね。なので、同じ三手組の家柄の篠原が家賃を払わないというような信義に反することが許せなかったのかもしれません」

考え深げに二宮は言った。

「捜査本部は大きく動くでしょう」

いま聞いた話だけで篠原を犯人と断ずることなどできるはずはない。単にトラブルを抱えていたというだけのことだ。だからこそ、二宮もグレーと表現したのだろう。

「そうですかね……」

二宮は浮かない顔で答えた。

「捜査本部ではつかんでいない情報なんですよね」

「ええ、この情報にたどり着いたのは、昨日の夜です。報告してもまた無視される可能性もあるし、下手すると余計な妨害が入るって危惧《きぐ》したんで、まだ黙っています」

二宮は声を落とした。

すでに彼も捜査本部内のおかしな動きに気づいているということだ。

「それにしても、短い時間でよくその情報をつかみましたね」

真冬は素直な感心の言葉を口にした。

「いや、僕は管理官にも放っておかれてますからね。自由に動けるんですよ」

さらっと二宮は答えた。

謙虚というより、この程度はあたりまえだという顔つきだ。

さすがに三〇代半ばで警部補に昇進していて捜査一課の強行犯に引っ張られる男だ。

優秀な刑事なのは違いない。

「このトラブルについては、情報を漏らしたくないんです。だから、ここの女将さんの雪子さんにも、野々村開発の湯浅専務にも話していません。もっとも湯浅専務にはまだ会ってませんが」

「少なくとも湯浅さんは家賃が未納であることだけは知っているかもしれませんね」

一〇〇万を超える滞納なら把握していてもおかしくない。だが、トラブルの実態は知らないかもしれない。

「たしかに、そうですね……ところで、僕はこの後、直接、篠原のところを訪ねてみようと思ってるんですよ。まだ、被疑者レベルじゃないんでサクッと聞き込みをするつもりです」

明るい声で二宮は言った。

「わたしも行きたいです」

真冬は言葉に力を込めた。

「でも……朝倉さんは警察官である身分を隠しておきたいのではないですか」

懸念があるように二宮は眉根を寄せた。

「はい、二宮さんは例外です。でも、たまたまここで知り合って一緒に来たって言うのはどうですか」

言ってしまってから、自分でもまずい言い訳だと思った。

「警察は民間人と一緒に聞き込みに行きませんよ」

たしかに二宮の言うとおりだ。

「たしかにそうですね……じゃあ、工房には別々に入りましょう。偶然、一緒になったことにすればいいんです」

こちらのほうがまだマシだ。

「そんな言い訳、怪しまれますよ」

「怪しまれてもいいですよ。まさかわたしが警察庁の人間だとは思わないでしょう」

開き直って真冬は言った。

「それはそうだ。僕も手帳を見て息が止まるほど驚きましたから」

二宮はのどの奥で笑った。

「よろしくお願いします」

真冬はしっかりと頭を下げた。

「こちらこそ、じゃあ行きましょう」

登記簿謄本を手に取って二宮は立ち上がった。

「一〇分ほど、駐車場で待っていてください」

真冬はあわてて支度を始めた。

化粧は終わっていたが、荷物をパッキングし直さなければならない。

階下へ降りてゆくと、帳場には六〇歳前後の女性が座って週刊誌を読んでいた。

雪子は会合があるとのことで外出していた。

面倒な説明をせずに済んだことが真冬はありがたかった。

登記簿謄本は帳場に返してあり、すでに二宮の姿はなかった。

帳場で飯田に支払いを済ませて真冬も外に出た。

二宮は駐車場に駐めたシルバーメタリックのクルマの横で待っていた。

「お待たせしました」

真冬は小走りにクルマに駆け寄った。

2

今日も澄んだ青空がひろがっていた。

大町一丁目に位置する森島信子の工房は、米沢城趾の南東にあった。マップで測ると直線距離で七〇〇メートルほどの地点だ。

県道沿いで近くにはいくつかの商店がパラパラと建っているが、残りは低層の民家ばかりの場所だった。

二宮は近くの飲食店に駐めさせてもらうと言って、真冬をクルマから降ろした。

最低でも三〇分の時間を空けて工房を訪れることになっている。携帯番号も交換したので、いざというときに連絡はとれるはずだ。

マップで調べた住所に建っているのは、かなり古い構えの民家だった。

茶色く塗られた板塀に囲まれ、同じ素材の門柱には「森島」という表札が出ていた。

敷地左手の端にはいつ頃建てられたものか白壁の一部が剝《は》がれ落ちた蔵があって、右隣にはクルマ一台が駐車できるスペースが設けられていた。

昨日乗せてもらったパールピンクの軽ワゴンが駐まっている。

篠原が工房にいる可能性は高い。

駐車スペースの右手に細い通路があって、その奥に平屋の住宅が建っている。

真冬は気づいた。

現在の家並みからは想像しにくいが、この通りは間口が狭く奥行きの長い商家が建ち並んでいたのではないだろうか。

大火の後に建てられたはずだから、この古い家も昭和時代のものだろう。

少なくとも六、七十年は建っていそうな民家だ。

真冬は奥へと進んだ。

ガシャンガシャンという機織りの音が響いてくる。

磨《す》りガラスの入った玄関の格子戸の脇には、古い呼び鈴のボタンがあった。

真冬はゆっくりと白いボタンを押した。

ジーッというういまどきあまり聞かないような呼び出し音が響いた。

反応はなかった。

三回、鳴らすと、磨りガラスの向こうに人影が見えた。

「あのー、朝倉ですが」

ガラガラと格子戸が開いて、篠原が昨日とは色違いの鶯《うぐいす》色《いろ》の作務衣姿で現れた。

「あれっ、どうしたんです？」

篠原は目を見開いて驚きの声を上げた。

「篠原さんがお作りなった雪子さんの作務衣を見て米織がすごく気に入っちゃって。ちょっとお仕事を見させて頂きたいと思いまして」

真冬は苦しい言い訳を口にした。

「ま、どうぞ」

釈然としない顔で篠原は真冬を奥へと誘った。

「失礼しまーす」

建物に入ると、広い土間になっていた。

機織りの機械が二台並んでいる。

そばには色とりどりの糸を巻いた糸巻きがいくつも置いてある。

織物の象徴としてイラストなどに描かれている道具だ。

「それは木枠といいまして、ここから糸を機織り機に掛けてゆきます。京都などでは四本の柱を持つ四角形が使われますが、ここ米沢ではむかしから六角形の木枠を使います」

篠原は木枠を指さして説明してくれた。

一台の機織り機には真紅に輝く無地の織物が掛けられている。

「きれいな織物ですね」

「いま僕が織っていたものです」

篠原は織機に目を向けて答えた。

「もしかすると、この織物は紅花染ですか」

期待を込めて真冬は訊いた。

「そうです。僕はおもに紅花染の糸を使って手織りをやっています」

やはりそうだった。

「春雁荘の雪子さんが着ていらっしゃる作務衣も、篠原さんが紅花染の糸で織ったんですってね」

「そうです、そうです」

嬉しそうに篠原は言った。

「あの作務衣は素晴らしいですね」

「ありがとうございます」

仕事を邪魔されたからか、昨日とは違って口数が少ない。

だが、真冬としてはそんなことを気にしているわけにはいかなかった。

もう一台にはわずかに織った白藤色《しらふじいろ》の反物《たんもの》が掛かっていた。

「こちらは？」

「森島先生の織機です」

あいまいな表情で篠原は答えた。

「先生はいらっしゃらないのですか」

工房のなかは静かで、動いている人の気配は感じられなかった。

「ここのところお加減があまりよくなくて、いまも奥で寝てらっしゃいます」

篠原は顔をしかめた。

「申し訳ないです。そんなところにお邪魔しちゃって」

タイミングが悪いと言うべきか。

「いえ、かまいません。ずっとのことですから」

素っ気なく篠原は答えた。

「篠原さん、お客さんか？」

声が聞こえてきた方向を見ると、髪の真っ白なひとりの老女が廊下をよちよちと近づいて来る。

「あ……先生」

篠原が意外そうな声を出した。

森島信子は見たところ八〇歳前後ではなかろうか。

白っぽいニットのブラウスに薄い緑色のカーディガンを羽織っている。

色白の小柄な老女だった。

「お邪魔しております。はじめまして朝倉真冬と申します。篠原さんの取材に参りました」

真冬は愛想よくあいさつした。

「それはそれは。どうぞのびてけろ」

しわ深い顔のなかで両目がキラキラと輝いている。

何度か頭を下げて森島は奥へとゆっくり立ち去った。

「ごあいさつできてよかったです」

「先生、今日はいくらか調子がいいみたいですね」

ほっとしたような声で篠原は言った。

「ご病気なんですか」

心配になって真冬は訊いた。

「大きな病気はないようですが、なにせお歳なんで、あちこちお悪くて……八二歳になるんですよ」

篠原は眉根を寄せた。

「ご高齢なんですね」

織り手としては限界の年齢なのかもしれない。

「七年前にわたしが弟子入りした頃には、もっと溌剌《はつらつ》としていらっしゃったんですけどね。寄る年波には勝てないということでしょうか。僕は先生が少しでもお元気になれるように、お話のお相手をしたり、お好きな食べ物を作ったり、桜やツツジの咲く季節にはお堀端までお散歩したりと、一所懸命にやっているつもりなんですけどね」

淋しそうに篠原は言った。

真冬は恩師に対する篠原のやさしさにぐっときた。

両目にうっすらと涙がにじんだ。

「この機織り機で織っていらっしゃるのですね」

涙を見られたくなくて真冬は話題を変えた。

「そうです」

「複雑な構造の機械ですね」

櫓が組まれたような白木の機織り機は、真冬のような素人にはどんな構造になっているのかさっぱりわからなかった。

「織物は経糸《たていと》に緯糸《よこいと》を交差させることで一次元の糸を二次元の布に変える作業です。複雑そうに見えますが、織機はこの作業のためだけに作られています。経糸が横にずらっと通っている幅広い櫛《くし》のような部分を筬《おさ》といいます。筬に経糸を掛ける作業がいちばん大変で全工程の七、八割の時間とエネルギーを要します。掛け方によって織り方に違いが出るだけではなく、気をゆるめるとどんでもないでこぼこな織物ができてしまいます」

「そうなんですか」

あのガシャンガシャンと音がするときがいちばん大変なのではないのだ。

「筬の上にある部分を綜絖《そうこう》といい、経糸を上下に開く機能を持っています。下にあるのが踏木というペダルでここを踏むと綜絖が動いて経糸が開くのです」

篠原は、舟形をした木製の二〇センチくらいの道具を真冬の目の前に掲げて見せてくれた。まん中の部分に緯糸が巻いてある。

「経糸が開いたらこの杼《ひ》に巻いた緯糸を横から通してゆきます。綜絖で上下に開いた経糸の間に緯糸を左右に滑らせるように織り込んでゆくのです。高速自動織機では人力ではなくモーターなどの動力を使いますが、基本的な原理は変わりません」

「なるほど原理は単純というわけですね」

真冬の言葉に篠原は静かにあごを引いた。

「その通りです。しかし、手織りの反物を織り上げるための努力は大変なものです。着物一反分の長さは約一三メートルです。一ミリにも満たない緯糸を織り上げるためには、四万回とか五万回もこの作業を繰り返さなければなりません。染められた糸を設計図通りに織るには熟練の技術と大変な神経を使います。複雑な柄になると、一日に数センチしか織れないこともあります。ですので、一反織るのに数ヶ月かかることも珍しくはありません」

「手織りのよさはどんなところに顕著に表れますか」

「言葉では表現しにくいのですが、目に見えぬピッチのズレかもしれません」

「どういうことですか」

「機械織りにはない、かすかな、ほんのかすかなゆらぎが生じます。それがたしかなあたたかさを生み出すのです。もちろん、機械織りでは不可能な複雑な模様の手織りや機械では織れない素朴な裂き織りなど魅力的なものもたくさんあります。ですが、僕はこのかすかなゆらぎこそ、手織りのいちばんの魅力だと思っています」

目を輝かして誇らしげに言う篠原の表情は美しかった。

情熱的なその瞳に真冬の胸はきゅんとなった。

「ごめんなさい。お客さんがいると集中できないので、実演はお目に掛けられないです。あちらへどうぞ」

篠原は土間の横にある茶の間を指し示した。

「ありがとうございます」

真冬は靴を脱いで茶の間に上がった。

陽ざしが入る明るい部屋だった。

庭先の紅く色づいた南天の実が目に染み入るようだ。

「座ってください」

六畳ほどの茶の間は、茶簞笥《ちゃだんす》と座卓のほかにはテレビくらいしかない部屋だった。

真冬が座布団に座ると、篠原は奥に立とうとした。

「お茶を淹《い》れてきます」

「いえ、どうぞおかまいなく。篠原さんも座ってください」

「はぁ、では」

篠原は真冬の前に座った。

「篠原さんはどうして紅花が好きになったのですか」

「二年前、東京の会社を辞めて米沢に帰ってきたときに、白鷹町の紅花農家さんで収穫期の季節アルバイトをしたのがきっかけなんです。美しい花だなと思うと同時に、その花が染料となってゆく過程が自然と調和していて素晴らしいと思ったからです。しかもこの紅い染料を作る伝統を、古くからいまに伝えているのは置賜地方の最上《もがみ》紅花だけなのです」

誇らしげに篠原は言葉を継いだ。

「最上紅花は山林と平野の間の中山間地域でしかも川に近い場所で栽培されています。

春の雪解け水や夏の朝もやなどの自然条件を活かすことが必要だからです。もやが掛かった夏の早朝に花が赤くなった紅花を収穫します。紅花は花弁の先が尖っていて摘むときに指先が痛むのですが、朝もやの水分が花弁を濡らすと、花摘みの痛みをいくらか和らげてくれるのです。戦前は若い娘たちが朝もやの紅花畑で指先を気遣いながらこの作業に従事しました」

「詩的で、まるで美しい絵画のような景色ですね」

真冬はその光景を想像してうっとりした。

3

そのとき、玄関の呼び鈴が鳴った。

「誰だろう？」

首を傾げて篠原は立ち上がった。

玄関先で短く問答する声が聞こえて、戻ってきた篠原の後ろに二宮の姿があった。

「すみません、山形県警の者ですが」

二宮はしれっとした顔で真冬に向かって名乗った。

「あ、わたし、ここの人間じゃないんですよ」

あわてたふりをして真冬は顔の前で手を振った。

「で、あんたは？」

二宮は無愛想に言って、調子を合わせてくれた。

「ライターの朝倉と言います。彩風さんには取材に来てるんですけど……ご迷惑なら帰りますが」

こころにもないことを真冬は口にした。二宮の質問に篠原がどう答えるかはもちろん訊いてみたい。

二宮は黙って篠原の顔を見た。

「別に人に隠すようなことはなにもないんです。朝倉さんもそのままでけっこうです」

篠原は平板な調子で言った。

「そうですか……では失礼します」

二宮は茶の間に上がってきて、勝手に真冬の隣の座布団に座った。

釣られるように篠原は対面の位置に着いた。

「さっき言いましたが、今年の五月七日に上杉神社で起きた野々村吉春さん殺害事件を調べています」

　二宮は静かな声で切り出した。

「大変お気の毒なことと思います」

　篠原は頭を下げた。

「で、僕になにをお尋ねですか?」

　不快そうな顔で篠原は訊いた。

「メモとらせてもらっていいですかね」

　二宮はポケットからモレスキンとローラーボールを取り出した。

「勝手にどうぞ」

「まず、事実確認をしたいのです。あなたは亡くなった野々村吉春さんと、門口で何度か口論したことがありますね?」

　いくらか厳しい調子で二宮は訊いた。

「口論っていう言葉が適当かどうかはわかりませんが、この工房の家賃を催促されて延ばしてくれと頼んだことはあります」

　うろたえるようすもなく篠原は素直に認めた。

「近所の人たちには口論と聞こえていたようですが」

「では、口論でもいいですよ。たしかに三回ほどそんなことがありました」

「家賃の滞納があったのですね」

二宮は覆い被せるように尋ねた。

「ええ、この工房はわたしの米織の師匠である森島信子先生が二〇年ほど前から野々村開発さんから借りています。先生のお住まいでもあります。森島先生は米沢でも五本の指に入る米織作家で、多くの賞に輝いた方です。かつてはたくさんの作品を世に出しておられました。僕は七年前に弟子入りしましたが、先生が高齢になったので二年半ほど前から、ここに住まわせてもらっています。それで、先生も新しい作品をなかなか作れなくなって、月額一九万円のここの家賃も滞るようになってしまいました。いまの先生の収入は国民年金だけなので食費くらいにしかならないのです」

力なく篠原は言った。

「篠原さんも米織作家なんでしょう。あなたが代わって家賃を支払ったらどうなんですか」

二宮は正論を口にした。

「僕はまだ駆け出しです。恥ずかしながら、作品も先生のようには売れません。月の収入を平均すると、二〇万がいいところです。原材料代や生活必需品、食費程度で消えてしまいます。家賃をきちんと支払うためにはもう少し時間が必要なのです。たとえば、伝統工芸展の入賞を目指しています。東日本伝統工芸会の支部展でもいいんです。受賞すればオーダーは確実に増えます。それを待ってほしいと野々村さんにはお願いし続けました。が、無駄なことでした」

篠原は肩を落とした。

「でも、そう簡単に受賞できるものではないのでしょう」

皮肉っぽい調子で二宮は訊いた。

「おっしゃるとおりです。ですが、僕はあと二年のうちには受賞するつもりで頑張っていました」

きりっと眉を上げて篠原は言った。

「篠原さんは、ここを出たら行くところがないんですよねぇ」

少し意地の悪い調子で、二宮は質問を変えた。

「市内でアパートを借りるくらいの貯金はあります」

篠原はムッとした調子で答えた。

「でも、アパートでは作家活動はできなくなるわけですね」

二宮は容赦なく突っ込み続ける。

「機織りの音はうるさいので、ふつうのアパートでは作業できません。作家活動は無理です」

いらついた声で篠原は答えた。

真冬はこころ穏やかに訊いてはいられなかった。

篠原は追い詰められていたのか。

「それは困りますよね」

二宮は篠原の目を見つめながら問いを重ねた。

「そうなったら、どこかの織物会社に雇ってもらおうと思っています。作家としては遠回りになりますが、別の発見もあるはずです。問題は僕のことより先生です。先生は作家としての居場所を失います」

篠原はつらそうに言葉を口から出した。

二宮は一瞬黙って篠原の顔を見ていた。

「森島さんには、ご家族はいらっしゃるのですよね」

二宮の問いに篠原はあごを引いた。

「先生のご家族は東京にご長男夫婦が、札幌にご長女夫婦がいらっしゃいます。どちらも経済的には豊かなんで先生と一緒に住もうと言っています。でも、先生は生まれ育った米沢を離れることなど思いも寄らないとずっとおっしゃっています。どちらにせよ、もう機織りはできなくなります」

苦しげに篠原は答えた。

「なるほど、では、篠原さんは自分と先生も守るために野々村吉春さんと争っていたわけですよね」

二宮の追及は続く。

「争うつもりはありませんでした。僕は家賃を待ってくれたら、利子もつけますって頼んだのですが、無駄でした。聞いた話では、ここに出店したい飲食店さんがあって立ち退いてほしかったようです。野々村さんは先生が入居できるサービス付シニア住宅なんかも紹介するって言ってました。知り合いが経営していて良心的な施設だし、年金プラスアルファで暮らせるから家族の援助を仰げって言うんです。それなら米沢にいられるじゃないかってね」

篠原は口もとをゆがめた。

「けっこうな話じゃないですか」

まぎれもなく野々村は血も涙もない男ではなかったようだ。

この家から森島信子を追い出した後のことも考えていたようだ。

「米沢市内って言っても外れです。小野川温泉の近くですよ。先生にはまったくなじみのない土地です。そんな淋しいところで先生に日々を送らせるわけにはいきません」

篠原は言葉に力を込めた。

「なるほどね……」

二宮はあいまいにうなずいてから言葉を継いだ。

「ところで野々村さんは口論の際に『おまえも三手組の家柄なら信義を重んじろ』と言って篠原さんをなじっていたようですね」

この問いに篠原はつまらなそうな表情を浮かべた。

「くだらないことですよ。たしかに僕の祖先は上杉家中の者でしたが、僕自身は関係のないことです。あの人は上杉家中の子孫であることに誇りを持っていたみたいですけど、そんなのは過去の亡霊みたいなもんです。錆《さ》びついた誇りですよ」

吐き捨てるように篠原は言った。

「あなたにとっては意味がないと？」

「そうです。人間はいまをどう生きているかにしか価値はないと考えています」

篠原はきっぱりと言い切った。

「最後に訊きたいんですが、五月七日の夜八時から九時頃、篠原さんはどこでなにをしていましたか」

二宮はアリバイの確認に移った。

「僕を疑ってるんですよね。まぁ、質問の内容からよく分かりましたけどね」

尖った声で篠原は訊いた。

「いや、形式的なお尋ねですよ」

「その日はここで先生とテレビを見ていました」

平然と篠原は答えた。

「ほう、どんな番組ですか?」

「山形放送でやってた『THE突破ファイル2時間スペシャル』っていう番組です。海上保安庁の突破劇がおもしろかったです。その後もNHKで『ニュース9』を見てましたね。僕はちょっと酒も飲んでました」

「テレビを見ていたことは森島さんしか証人はいないのですね」

くどい調子で二宮は訊いた。

「そりゃそうですよ、あたりまえじゃないですか」

篠原は口を尖らせた。

「了解です。お時間を頂きました。これで失礼します」

二宮は篠原と真冬に頭を下げて立ち上がった。

すぐに二宮のあとを追うわけにいかない真冬はそのまま座り続けていた。

「なんてことだろう、僕を殺人犯と疑っているなんて」

二宮の影が消えると、いきなり篠原は怒りの言葉を口にした。

「昨日、春雁荘の雪子さんから伺ったのですが、彼女のお父さんなんですよね」

真冬はやんわりと尋ねた。

「そうです。僕が雪子さんのお父さんを手に掛けるなんて、警察の妄想もいいところだ」

腹立たしげに篠原は答えた。

「念のために聞き込みに来ただけでしょう。警察は無駄な捜査があたりまえだそうですから。知っている刑事さんが『シロと確認するのが大事な仕事だ』って言ってました」

「ライターさんだけにお詳しいですね」

篠原は驚いたように言った。

言葉の接《つ》ぎ穂に困っていると、沈黙が茶の間を覆った。

なんとなくしらけた雰囲気になってしまった。

目的は達したので真冬はそそくさと立ち上がった。

「米織と紅花のお話とてもおもしろかったです。今日はありがとうございました」

深々と真冬は頭を下げた。

「少しでもお役に立てたらよかったです」

明るい笑みを浮かべて篠原は言った。

「篠原さーん」

家の奥から、か細い老人の声が響いた。

「先生が呼んでますんで、お見送りできませんが」

篠原はすまなそうに言った。

「はい、今日はありがとうございました。また、お話を伺いたいです」

真冬は頭を下げて外に出た。


「どう思います?」

助手席に座った真冬は気に掛かってすぐに尋ねた。

「わかりません。僕の印象は相変わらずグレーです」

クルマをスタートさせると、気難しげな声で二宮は言った。

「わたしは篠原という人は真摯に紅花染や米織と向き合う工芸作家だと感じました」

素直な真冬の感覚だった。

「そうですね、朝倉さんのその印象は間違ってないと思います。でもね、あの家を追い出されることは篠原にとって作家活動の中断になるわけです。動機はあると言えます」

ステアリングを握りながら、二宮は冷静に言った。

「でも、吉春さんを殺害したところで家賃の債務は残りますよね」

根本的な疑問だった。

「さっき朝倉さんから伺った話では篠原と雪子さんは親しいようですよね」

「たしかに親しそうには見えました」

「そうだとすると、債務の取り立ても厳しくなくなる可能性はありますよね。少なくとも店立《たなだ》ては一時的には止むのではないですか。動機は消えませんよ」

二宮の言葉は理が通っていた。

「たしかにその通りですね」

「それにほかにも怪しい点がありました」

二宮は目を光らせた。

「いったいなんですか？」

真冬は気づかなかった。

「朝倉さんは今年の五月七日の夜八時から九時頃、どこでなにをしていましたか？」

にやっと笑って二宮は訊いた。

「霞が関の警察庁《かいしゃ》で仕事していました」

真冬は即答した。

「どうしてそう言い切れるんです」

疑わしげに二宮は訊いた。

「わたしは六月初旬に特別地方調査官に任命されるまで、刑事局刑事企画課の課長補佐でした。年度が替わって一ヶ月ほどの五月初旬なんて警察庁に寝泊まりするほど忙しいんです。それに、夜の八時から九時頃なんて一年中ほとんど霞が関にいますよ。帰宅できるのは終電ってな日がほとんどです」

あの頃の激務をよくこなしていたと思う。

日本警察の中枢で重要案件を扱っているという矜持《きょうじ》で、疲れを知らずに働けたのだ。

「あら……キャリア官僚さんも大変ですね。そりゃあ刑事よりも厳しいな」

二宮は苦笑した。

「だから、米沢牛の夕飯を食べられたり、ゆっくり温泉に入れるいまの仕事のほうがずっと好きです」

温泉や郷土料理だけでない。ノマド調査官の仕事のおかげで、見知らぬ土地に出かけて多くの人と関わってきた。大切なことをいくつも学ぶことができてきたような気がする。霞が関にこもっての仕事では決してわからなかったことばかりだ。

「こりゃあ、質問する相手を間違えたな。では、五月七日はどんなお仕事をなさっていましたか」

二宮はおもしろそうに問いを重ねた。

半年近く前のことだ。しかも、いまは関連性の皆無な立場にある。さすがに具体的な仕事までは覚えていない。

「え……たしか……『刑法等の一部を改正する法律の公布について』という刑事局長通達の起案関係の仕事だったかと……」

「そうでしょう。朝倉さんほど頭のいい人だって、はっきりは覚えていないもんですよ」

得たりとばかりにうなずいて二宮は言葉を継いだ。

「ところが、篠原は僕が事件当夜のアリバイを聞いたとき、テレビを見ていたと即答したただけではなく、番組名までよどみなく答えた。そんなことはふつうはあり得ないんです。篠原が事件について深い関心を持っているとしか考えられません」

含みのある表現で二宮は言った。

「と言いますと?」

「ふたつ考えられます。ひとつは自分が犯人と疑われることを篠原が予期していて、あらかじめ当夜のアリバイとなり得る番組名を調べていた場合です。もうひとつは彼が真犯人だから調べていた場合ですね」

二宮は考え深げに言った。

「たしかに、番組名をきちんと覚えている点はあきらかに不自然ですね」

真冬は冷静な意識に立ち返った。

篠原を事件関係者として正面から考えなくてはならない。

「でも、一緒にテレビを見ていたのが同居していた森島信子だけだとすると、この証言自体がほとんど意味を為さなくなりますね。ふたりは血のつながりはないものの、実質上は家族です。ご存じと思いますが、家族の証言は証拠として採用されない場合が圧倒的です」

二宮の言うことは事実だった。

「そうですねぇ」

しかも、森島はあの状態だ。五月七日のことなど覚えているはずはない。

「動機はあり、不自然な供述も認められますが、一方で篠原を犯人と決める決定的な証拠はなにひとつ摑《つか》めていないわけですが」

二宮はやはり優秀な刑事だ。

篠原を有力な被疑者候補ととらえず、あくまで可能性のひとつに留《とど》めている。

「さて、これから僕は野々村開発を訪ねてみようと思っています」

声をあらためて二宮は言った。

「ご一緒していいですか」

「ええ……もちろんです」

「今日の予定は最初は野々村開発だったんです」

「じゃあ僕が出てきたことで予定が変わっちゃいましたね」

「いいんです。篠原さんのところにも行く予定でしたから」

「それはちょうどよかった」

二宮は横顔で笑った。

「刑事さんとライターが一緒って言うのは変ですよね。二宮さんの部下という触れ込みにしましょうか」

「ライターと名乗らなければ、相手はそう思い込むでしょうね。でも、僕といつも一緒では、そのうち関係者に怪しまれるおそれはありますね」

「そのときはまた言い訳を考えます」

真冬は笑顔で答えた。

「わかりました。では丸の内二丁目に向かいます」

アクセルを踏み込んだのか、エンジン音が高くなった。

第三章　紅花と太陽

1

野々村開発は県道三号沿いの比較的賑やかな地域にあった。

とはいえ、ちいさな会社や個人病院、ガソリンスタンドなどが目立つだけで、あとは民家が建ち並んでいる、のどかな市街地だ。

築三〇年くらいだろうか。アイボリー色に塗色された壁を持つ、そこそこきれいなRC構造の二階建てで一階部分は五台分の駐車場と倉庫のようだった。二階には窓が多い。

軽自動車が二台と黒塗りのアルファードが駐まっていた。

二宮はあいている駐車スペースにクルマを乗り入れた。

真冬と二宮はスチールの外階段を上って、入口のドアのチャイムを鳴らした。

すぐにブラックスーツ姿の若い男が現れた。

「山形県警捜査一課の二宮です」

二宮が警察手帳を提示して堂々と名乗った。

「朝倉です」

真冬は二宮の後ろでちいさい声で名乗った。

若い男は緊張で身を硬くした。

いきなり警察が訪れたときに、一般市民はこうした態度を見せるのがふつうだ。

「あの……どんなご用でしょうか」

「五月七日に発生した野々村吉春さん殺害事件の捜査でお邪魔しました。湯浅専務にお目に掛かりたいのですが」

つよい声で二宮は用件を述べた。

これは一種の威嚇《いかく》だ。二宮は相手によって態度を変えている。

「専務ですね、近くのコンビニまでタバコを買いに行っています」

若い男はこわばった声で答えた。

「お帰りになるまで待たせて頂きます」

硬い調子を崩さずに二宮は言った。

「では、奥へどうぞ」

若い男は丁重に真冬たちを案内した。

机がいくつか並んでいて、制服を着た若い女性と五〇歳くらいのふたりの女性が執務中だった。

「いらっしゃいませ」

ふたりは声をそろえてあいさつした。

真冬たちはいちばん奥のスペースに通された。

茶色い革張りソファが一セットと観葉植物のほかにはたいした什器《じゅうき》はなく、応接スペースらしい。

野々村開発は基本的にはオープンスペース構造をとっているらしい。

社長室や給湯室などは別なのかもしれない。

若い女性がふたり分のお茶を淹れてきた。

「気が利いてますね。我々が訪ねて応接室に通されることはまずないです」

女性が去ると、二宮は茶碗を口もとに持っていった。

一〇分もしないうちに、チャコールグレーのスーツに身を包んだ中肉中背の男が戸口から現れた。

「お待たせして申し訳ありません。お訪ねの湯浅です」

湯浅は快活に名乗って低頭した。

「お忙しいところ恐縮です。県警の二宮です」

「朝倉です」

腰を浮かせて真冬たちが名乗ると、笑みを浮かべて湯浅は正面に座った。

湯浅は真冬の顔を覚えていないのか、なんの反応も見せなかった。

あのときはしっかり見ることができなかった湯浅の顔を真冬はまじまじと見つめた。

四五歳という年齢にちょうど合う感じの顔だ。

細面で鼻筋は通っている。両目には高い知性が感じられるクールな容貌だった。

従兄妹の雪子とはあまり似ていない。

「今日は前社長の事件のことでお見えとか」

湯浅は笑みを絶やさずに訊いた。

「ええ、そうです」

二宮は短く答えた。

「何回か刑事さんがお越しになって、前社長の人となりやわたしたち社員の事件当日の動きなどについてはお話ししましたが？」

湯浅はけげんな顔になった。

「わたしは最近、捜査本部に参加したものですから、あらたに伺いたいこともありましてね」

この二宮の言葉に湯浅は首を傾げた。

「しかし、捜査本部というのは情報を共有するために立ち上げるものなのだと聞いていますが」

温厚な調子を崩さないが、理屈もしっかりしている。

「そのとおりなのですが、現実は理想通りにはいきませんからね」

二宮は苦しい言い訳を口にした。

「なるほど、おっしゃることはよくわかります。わたしたちの事業も掲げた理想を捨てなければならないことも多いですからね」

湯浅は満面の笑みでうなずいた。

「メモをとらせてもらいますよ」

二宮はモレスキンとローラーボールを取り出した。

「ええ、どうぞご自由に」

湯浅はゆったりとほほえんだ。

「繰り返して伺うことになるかもしれませんが、湯浅さんは当日は東京出張だったのですよね？」

二宮はアリバイの確認から始めた。

最初に湯浅を萎縮《いしゅく》させようとしているようだ。

自分が殺人犯と疑われていれば、誰しもおののく。

「わたしをお疑いとは驚きましたね。実の甥ですよ」

だが、半分冗談のような口調で湯浅は言った。

きわめて余裕がある態度だ。

「わかっております。形式的なお尋ねです」

篠原のときと同じような言葉を二宮は口にした。

「東京出張でした。もしわたしが米沢におれば、あんなことにはならなかったと思います。叔父が呼び出されたときに一緒について行くこともできたのです」

悔しげに湯浅は奥歯を鳴らした。

「おつらいですね。で、東京にはいつからお出かけですか」

「五月六日から八日です」

きっぱりと湯浅は言った。

「そのときの行動を教えてもらえませんか」

二宮は湯浅の顔を覗きこむようにして聞いた。

「ちょっと待ってくださいね。間違えると困りますから」

湯浅はスーツのポケットからスマホを取り出してタップした。

「七日は朝イチから新橋で打合せが入っていましたので、六日の午後六時過ぎのつばさ一九二号で東京に向かい、駅近くで食事した後、九時過ぎにはチェックインしました。翌日は午前と午後に打合せが入っていました。午後の打合せは新宿です。仕事が終わった後には東京駅近くのライブハウス《コットンフィールド》で夕食をとりながらジャズライブを見ました。ライブ終了後に丸ビルの居酒屋でちょっと飲み、深夜○時頃にはホテルに入って二泊目の宿泊をしました。この晩に事件が起こったわけですが、その頃は恥ずかしいことにジャズに酔いしれていました。翌朝、九時半頃にチェックアウトして、つばさ一三三号でお昼過ぎに米沢に帰ってきました。郡山あたりで会社から電話が入って叔父が亡くなったということで帰りの新幹線では気が動転してしまって、米沢駅から警察に行くまでのことはあまり覚えていません。と、そんな行動でした」

記録を見ながらだから、湯浅の話にはよどみがなかった。

「すると、事件発生時は東京駅近くのライブハウスにいたんですね。プログラムは覚えていますか?」

畳みかけるように二宮は聞いた。

「もちろんです。《LA5》というロサンゼルスを拠点に活躍している若手ジャズクインテットです。ピアノ、ベース、ドラムスに、サックスとトランペットのグループです。僕はこのクインテットが好きで仙台に来たときにも聴きに行きました。とくにトランペットのジェームス・ガーランドが好きでしてね。ちなみにあの日演奏された曲も全曲覚えてますよ。前に警察の人に言いましたけどね。たとえばオープニングは『オール・オブ・ミー』でアンコールは『パリの四月』でした」

ちょっと楽しげに湯浅は言った。

これは篠原のテレビ番組の場合と違ってファンだったら覚えていて不思議はない。

「宿泊したホテルはどこですか?」

二宮はメモをとりながら尋ねた。

「東京駅八重洲口にほど近い《八重洲ツーリストホテル》です。あの界隈では安いほうでシングルでだいたい一五〇〇〇円です。もっともシンプルというか、豪華さのかけらもないホテルでしたけどもね」

湯浅はのどの奥で笑った。

「ありがとうございます。捜査本部では念のため湯浅さんの行動の裏づけをとっていますが、ライブハウスやホテルの従業員が、専務の言葉が正しいことを証言しています」

二宮はさらりと言った。

「それならわざわざお尋ねにならなくてもよかったでしょう」

皮肉めいた口調で湯浅は言った。

「まぁ、念のためです。刑事ってのは疑り深いもんなんですよ。ところで、現在事業は順調と聞いていますが？」

二宮はさらりと質問を変えた。

「ええ、それは間違いありません。ですが、叔父がひとりでサポートしていたお客さまとの関わりは、わたしにはまだ把握できていないことも多いので大変です。叔父の死から毎晩のように残業続きで、参っているところです。本当は雪子社長に経営に参画してほしいんですけどね。そうすれば、わたしも少しは楽になれるんですよ。これは社員一同の願いでもあるんです」

湯浅はほっと息をついた。

「湯浅さんは雪子さんに社長として指揮を執ってほしいと願っているのですか」

二宮の問いに湯浅は大きくうなずいた。

「そうです。彼女はほかの社員たちにも好かれているのです。大学時代には《ミス紅花》にも選ばれたほどかわいいですし、市役所時代にも優秀で親切な吏員《りいん》さんだったので、たくさんの人々に愛されていました。広報誌の担当をしていたんで顔もひろいです。雪子はわたしの従妹でもあるのです。弊社としても彼女の人間関係を事業に活かしたいと考えているんですよ」

湯浅はにこやかに言った。

真冬は雪子が《ミス紅花》だったと聞いてもそれほど驚かなかった。彼女はたしかに整った愛らしい容貌を持っている。

「雪子さんはご自分には春雁荘しかないとおっしゃっていますね」

真冬はつい口を出してしまった。

「そうなんですよ。こちらへはちっとも顔を出してくれない。彼女は野々村開発をわたしにまかせっぱなしなんです。春雁荘にはホテルマン経験者かなんかを雇ってマネージャーとして入れればいいんです。けれどあの旅館のことについては口を出せません。わたしには彼女がなぜあの旅館にそこまでこだわるのか理解できません」

口もとをゆがめて湯浅は言った。

「話は変わりますが、野々村吉春さんは、誰かに恨まれたり憎まれたりしていたことはありませんか」

静かな声で二宮は訊いた。

「ありません」

湯浅は明確な発声で一言のもとに否定した。

「そう言い切れるのですね」

少し気押《けお》されたように二宮は念を押した。

「言い切れます。少なくとも前社長を殺すほど恨んでいた人など考えられないです。社員一同には敬愛されていました。厳しいところはありましたが、愛情深い人でした。たとえば、社員の誰かが風邪をひくと、家族に電話して容体を聞くようなことも少なくありませんでした。また、仕事については完璧を求めるところがありましたし、いつもお客さま目線でした。お客さまにも信頼されていました。わたしも常に見習っていました」

よどみなく湯浅は答えた。

雪子から聞いていた吉春のイメージと重なる。

「では、吉春さんとトラブルを抱えていた人などに心当たりはありませんか」

二宮は湯浅の目を見つめて訊いた。

「前社長の個人的なことについては、正直言ってわかりません。が、本人からそうした話は聞いたことはないですね。うちの会社がらみのことですと、ごく些細なトラブルはまったくないというわけではありません。どんな事業でも同じことでしょう。しかし、人が殺されるような大きな問題は絶対にないと言っても差し支えないです」

きっぱりと湯浅は断言した。

「たとえば、おたくが大きな債権を抱えているようなことはありませんか」

森島信子の家賃未払いの件も含めての問いだろうが、ほかにもなにかあるのだろうか。

「未回収金のことをおっしゃっているのですね。何件かありますが、せいぜい二〇〇万程度のものです。弁済してもらうための交渉は続けていかなければなりませんが、いますぐにどうのという性質の案件はありません。ちなみに原告としても被告としても訴訟はひとつも抱えていない状態です」

表情を変えずに湯浅は答えた、

森島の件は歯牙にも掛けていないのかもしれない。

「ところで、こちらではなにか新しい事業への進出を考えているようですが？」

二宮が急に質問を変えた。

「いや……それはとくにないですね。さっきもお話ししたように叔父が亡くなってから、わたしは目も回るほど忙しいんです」

表情を変えずに湯浅は答えた。

「専務、いままでお話を伺っていて、あなたが優秀な方だと感じました。だとしたら、我々がそんなことは調べられるくらいのことはわかりそうなものではないですか」

二宮はつよい調子で言った。

真冬には、二宮が何のことを言っているのかわからなかった。

「なにをおっしゃっているのかわかりませんが」

湯浅はしらっとした顔で答えた。

「馬鹿にしてもらっては困りますね。刑事ってのはね、事件に関してはどこまでも調べるもんなんですよ」

二宮は厳しい顔つきで言った。

湯浅の目がうろうろと泳いだ。

「あのことですね……うちがソーラー発電所設置事業に参加する。その話をしているんですね」

あきらめたように湯浅は言った。

「隠さなくてもいいでしょう」

ちょっと不愉快そうに二宮は言った。

「隠していたわけではありません。ソーラー事業は前社長の最後の方針であり遺志なのです。だから、わたしのなかでは新しい事業への進出という感覚はありませんでした。前社長がひとりでサポートしていた各事業とあまり変わらない捉え方をしていたのです」

言い訳するように湯浅が答えた。

「おたくで参加しようとしているソーラー事業について、少しだけ説明してくれませんか」

追及をやめて、二宮は説明を求めた。

「わかりました。最上川最源流の李山地区と大平《おおだいら》地区の山林地帯を大規模に拓いてソーラーパネルを設置し、自然にやさしい太陽光発電所を作ろうという大プロジェクトです。このプロジェクトは山形県、米沢市、さらにいくつかの企業の合同プロジェクトとなっています。名づけて《最上川源流メガソーラー・プロジェクト》という計画です。発電所施設の完成は二〇二八年を目標にしております。弊社は地権者に理解を求めるセクションを務める予定です」

胸を張って湯浅は答えた。

「最近はソーラー発電事業の是非について、さまざまな議論が為されているようですが」

二宮はやや意地の悪い言葉を発した。

「たしかに、無計画なソーラー発電事業には多くの問題があります。ですが、《最上川源流メガソーラー・プロジェクト》には、大学の先生などの環境政策専門家もメンバーとなっています。また、たとえば天童市の最上川流域下水道山形浄化センターに設置されているメガソーラーを採用した積雪対応構造なども設計段階から組み込むなど、最新で高度なソーラー発電システムの構築を予定しています」

「反対運動などは起きていないのですか」

「地元のごく一部には反対運動も起きているのは事実です。でも、それはいわゆるノイジー・マイノリティですよ」

湯浅は少しも動ぜずに答えた。

「声の大きな少数派という意味ですね」

「ええ、彼らには政治的色彩を持った団体も絡んでいるとの噂もあります。いずれにせよ、一般の米沢市民は市の大きな収益にもなるので賛成意見が圧倒的です。計画はきちんと進んでいて各種の許認可も申請が進んでいます」

誇らしげに湯浅は言った。

わずかの間、二宮は黙って湯浅の顔を見ていた。

「なるほど、よくわかりました。お忙しいところありがとうございました」

二宮が急に立ち上がったので、真冬もこれに続いた。

「いいえ、じゅうぶんなお答えができたかはわかりません」

湯浅は鷹揚《おうよう》な調子で答えた。

「また、なにかお話を伺うかもしれません」

「いつでもお越しください。事前にご連絡頂けるとお待たせせずに済むのですが」

やんわりと湯浅は釘を刺した。

「今日は突然お訪ねして、失礼しました」

二宮に従って真冬も頭を下げて外へ出た。

真冬と二宮は外階段を降りて駐車場のクルマに戻った。

「どうも気に入らんなぁ」

運転席で二宮がいきなり言った。

「答えに問題はなかったですね」

真冬が聞いている限りでは湯浅の答えに怪しい部分は感じられなかった。

「そこなんですよ。問題はない。ただね、警察に話すことをあらかじめ決めていたような気がするんですよ。ふつうの人間は刑事にいきなり質問されると動揺します。もっとちぐはぐな答えが出てきてもおかしくない。だけど、湯浅の答えはきちんと成形されているように整っていました」

二宮は早口で言った。

「でも、何度か捜査員が訪ねているのですから、同じ質問も何度も受けているでしょ。慣れてしまったのかもしれませんよ」

真冬の言葉に二宮は首を横に振った。

「ソーラー発電所設置事業への参加については、今日初めて質問されたはずです。捜査本部の者は誰も知らない情報ですから」

「えっ、知ってたんじゃないんですか」

思わず声が高くなった。

「いいえ、知りませんよ」

二宮はしれっと答えた。

「じゃあ、あれはカマを掛けたんですか?」

真冬のほうに向き直って二宮はにやっとうなずいた。

「驚きました! ほんとは二宮さん新規事業なんて知らなかったんですね」

「まぁ、あれくらいのテクニックは初級ですよ」

平然と二宮はうそぶいた。

「とにかく、湯浅はいままでほかの捜査員が聞かなかった《最上川源流メガソーラー・プロジェクト》に対する僕の質問にもさらっと問題のない答えを返しましたよね。あの男は警察になにを訊かれてもいいように、あらかじめ想定問答を作っていたように思うんですよ」

考え深げに二宮は言った。

「なるほど、そう言われてみればそんな感じがしますね。すると、雪子さんに事業に参加してほしいと熱弁していたのも」

真冬の言葉を二宮が引き継いだ。

「そう、本音かどうかはわかりませんね」

「うーん、そう考えると、どこまで真実を話していたのかぜんぜんわからなくなってしまいました。でも、湯浅専務にはきちんとしたアリバイがあるんですよね？」

アリバイがあるのなら犯人であるはずはない。

「そこなんですよ、さすがに捜査本部も東京に刑事をふたり送ったんです。ホテルのフロントもライブハウスの従業員も湯浅を覚えていて、彼の主張を裏づけているんですよ」

二宮は眉根を寄せた。

「では、少なくとも実行犯ではないですよね」

「ま、僕の感覚なんで気にしないでください。どこかでお昼にしますか」

「いいですね、ぜひ！」

「美味しいお店にご案内しますよ」

弾んだ声で二宮は県道へとクルマを乗り出した。

2

二宮に宿に送ってもらった真冬は、いままで調査した内容をノートしながらゆっくりと考えてみた。

篠原はチェックし続けなければならない。

真冬は複雑な心境だった。正直言って犯人であってほしくないという気持ちがつよい。

だが、調査官として抱いてはいけない感情だ。

温泉をゆっくり楽しんで、真冬はひととき仕事を忘れた。

一八時過ぎに雪子と飯田が夕食を運んできた。

「今夜は米沢牛尽くしをどうぞ」

ほがらかに雪子は言った。

座卓の上には、皿や小鉢が並べられてゆく。

「こちらが牛肉のマリネ、隣がほほ肉のサラダ、その横がつけ焼き、衣がついてるのはちいさいけれどコトレッタ……」

雪子は次々に料理を説明してくれた。

並べられた料理は見た目も美しく、箸をつける前からよだれが出てくる。

お料理には赤のグラスワインが添えられていた。

「こちらはサービス。朝倉さん、お酒お好きみたいだから」

「あ、バレてましたね」

　真冬は照れ笑いした。

「高畠町の高畠ワイナリーのワインです。《高畠ゾディアック　カベルネ・ソーヴィニヨン》っていうワイン。自社畑で作っているブドウで醸しています」

「雪国なのにカベルネできるんですか」

　ボルドーワインではメインのブドウ品種だ。

「盆地だから夏場は暑いし、天気もいいんです。寒暖差は激しいけど、意外とブドウには適した気候なのです。この気候が紅花の栽培にも向いているんですよ。あとでサーロインステーキを持って来ます」

　雪子と飯田は一礼して去った。

　さっそく箸をつけてみる。

　ひとつひとつの料理がとてもていねいでやさしい味つけだ。

　三大牛の名に恥じず、米沢牛の味わいは素晴らしい。

　コトレッタ、つまり牛カツレツの火の入り加減には感動した。

　しばらくしてからメインディッシュのステーキが、鉄板の上でじゅうじゅうと音を立てながら登場した。

ガマンできずにすぐにナイフを入れた。

少しレア目に焼いてもらったのだが、最適の火加減だ。

やわらかくて噛むのにまったく力が要らない。

じゅっと肉汁が口の中ではじける。

真冬は感じた。米沢牛は旨味たっぷりだが、いちばん嬉しいのはこの素晴らしい香りではないだろうか。

脂身の甘さにもうなった。

身体を喜びが駆け巡る。

「最高のステーキですね！」

真冬ははしゃぎ声を出した。

「よかった。喜んでもらえて」

雪子は満面の笑顔で去っていった。

「あ、そうだ！」

真冬はあわててスマホでステーキを撮った。

食事を終えると、真冬はさっそく今川に電話を入れた。

「お疲れさまです。調査どうですか？」

快活な声で今川は訊いた。

「それがあんまり進んでないんだよ」

真冬は声を落とした。

「まぁ、まだ始めたばかりですからね」

なぐさめるように今川は言った。

「でも、収穫はあったんだ。今日の調査でわかったことを伝えるね」

今日起こったことを真冬は詳細に説明した。

「二宮との出会いはラッキーでしたね。強力な味方となりそうですね」

「そうだね、優秀な刑事だよ」

「うまい具合に能力を引き出せるといいですね。それから、篠原という男の動機はちょっと弱い気もしますね」

「わたしもそう思う。喧嘩《けんか》口論の末に殴ったというのならともかく、計画殺人の動機としては弱い気がする」

これは冷静な感覚だと思う。

「たしかにおっしゃるとおりです。それから湯浅という専務も監視対象ですかね」

「わたしもそう思う。隠れた動機を持っている可能性はあるね。ただ、アリバイがあるんだよ」

「アリバイですか……」

「そう、別に実行犯がいるかもしれないけどね。明日以降は二宮さんと協働して方向性を決めるつもり」

「それが近道でしょう……」

「いくつか調べてほしいことがあるんだよ」

「はい、なんなりと」

真冬は気になっているポイントをいくつか提示した。

「けっこうな量ですね。できるだけ早く調査結果をお送りします」

「よろしく頼みます」

「了解致しました。お疲れさまでした」

なぜか今川はそそくさと電話を切ろうとした。

「待ってよ。食レポしてないよ」

「飯テロの間違いでしょ。必要ありませんから」

憤然と今川は拒絶した。

「今夜は米沢牛づくしだったんだ」

「電話切りますよ」

これ以上ないくらい冷たい声で今川は答えた。

「メインディッシュの写真送るね」

「送るなぁ。あーあ、来ちゃった」

しばし今川は沈黙した。

よせばいいのに、写真を見ているようだ。

「これ……米沢牛なんですよね」

乾いた声で今川は訊いた。

「最高のサーロインステーキ。なにが素晴らしいって……」

真冬の言葉を今川はピシャッとさえぎった。

「それ以上の説明は必要ありません」

「ゆっくりじっくり説明してあげてもいいのよ」

「ご遠慮申しあげます。こうなったら僕も今夜は牛づくし行きますよ。なにがあっても」

今川は言葉に力を込めた。

「へぇ？　それは？　あ、隣の牛肉レストランか」

警察庁が入っている丸の内合同庁舎第二号館の隣には国土交通省とその外局の観光庁、海上保安庁が入る二号館がある。その地下一階食堂区画には吉野家が存在する。

「そうですよ」

今川はふて腐れた声を出した。

「ゆっくり楽しんでね」

「朝倉警視どの、警部・今川真人が進言致します。調査が進捗《しんちょく》してないということは人員不足に違いありません。本官も可及的速やかに米沢に赴くべきだと、かく考えます」

しゃちほこばった調子を作って今川は言った。

「その必要はないね。では、さらば」

「鬼畜！　外道！　いつか化けて出てやるっ」

耳もとに今川の悲痛な叫び声が残った。

夕食後、一時間ほどして雪子が真冬の部屋を訪れた。

お盆の上には、ガラスの冷酒器と酒杯、小鉢と箸がふたり分載っている。

お盆を座卓に置きながら、笑みをたたえて雪子は言った。

「もしよろしかったら、ちょっとだけ飲みませんか」

嬉しいお誘いだが、真冬は気になった。

「片付けとか忙しいでしょ。わたしね、学生時代に網走近くの温泉民宿でお手伝いしたことがあるんです。そのときに宿ってお客に夕飯出した後もすごく忙しいんだなって知ったんだ」

真冬は《藻琴山ロッジ》での日々を思い出していた。

食器の片付けと洗い、次の日の朝食の仕込みなど、仕事はいくらでもあった。宿の従業員が休めるのは夜も更けてからだ。

「そうなの！　なんだか嬉しいです。だから旅館の大変さもよく知ってるんですね」

満面に笑みをたたえて雪子は言った。

「ええ、わたしにはとても無理な仕事だなって思いました」

「大丈夫なの。昨日の三組さまはお帰りになったので、今日も明日も真冬さんしかお客さんがいないんですよ。だから、心配しないで」

雪子の言葉に真冬はほっとした。

「じゃあ、お言葉に甘えて……ところでタメ口でお願いできる」

真冬は酒杯を手に取りながら頼んだ。

いつまでも、ですます調だとなんだか面はゆい。

「うん、わかった。さぁどうぞ」

雪子は冷酒器を差し出した。

ひとくち飲んだ真冬は喜びの声を上げた。

「え、なにこれ、美味しい！」

中口の酒に入るだろう。すっきりとした飲み口に華やかな吟醸香が魅力的だ。こんなに澄んだ味わいなのに、しっかりとした米の旨味が舌に伝わる。

「米沢で明治三年から続いている新藤酒造店さんが出している《女神のくちづけ》ってお酒」

いたずらっぽい顔で雪子は笑った。

「ロマンチックな名前ね」

真冬はちょっと驚いた。

いまは地酒もユニークな名前が多いが、艶っぽくリリカルなネーミングだ。

「全農山形が酒米としてこだわって開発した限定酒造米の雪女神っていうお米があるの。金山町《かねやままち》って秋田県境の町で作られてるお米なんだけど、その酒米を三五パーセントまで精米したものを使っているの。酵母も山形酵母を使っています。地酒専門店さんにしかおろしてないし、生産量が限られてるんだ。だけど、せっかく真冬さんと飲むんだから、最近のわたしのお気に入りをと思って」

にこやかに雪子は言った。

「ありがとう……」

真冬はじんときた。胸の奥が熱くなる。

大空町の遠山夫妻は別として、こうしたやさしさを自分に向けてくれる人に真冬は慣れていないのかもしれない。本当に素敵なおもてなしだ。

「これはなぁに？」

あわてて真冬は小鉢を指さした。

「菊の花の酢の物。山形は食用菊の産地としても知られているんだ。豊洲市場で買われている食用菊の五割は山形産なのよ」

雪子はちょっと得意げに言った。

「だって……紫だよ」

箸の先でつまんだ菊は薄い紫色に光っている。

「延命楽って品種なの。でも、地元では誰もが、もってのほかって呼んでるんだよ」

「おもしろい名前だね」

「食用菊のくせに黄色くなくて紫だからなのか、もってのほか美味しいって意味なのか……、収穫期は今月下旬くらいだけど、これは早生《わせ》ものでいまごろ食べられるんだ」

「お酒にすごく合うね」

澄みきった《女神のくちづけ》の魅力を損ねないよい肴《さかな》だ。

「そうでしょ。わたしが日本酒のおつまみでいちばん好きなのはこれ。お酒によっては鯉のうま煮かな。わたしのおごりよ。じゃんじゃん飲んで」

嬉しそうに言って、ふたたび雪子は酒器を差し出した。

「ご返杯～」

真冬も雪子の酒杯に酒を注いだ。

「ところでちょっと小耳に挟んだんだけど、雪子さんって《ミス紅花》だったんだって」

「いやだ。大むかしの大学のときの話よ。高校時代の同窓生の女の子が勝手に申し込んじゃったの。書類審査の結果を聞いて驚いたのなんの。辞退したかったんだけど……」

「辞退できなかったのね」

雪子は渋い顔でうなずいた。

「《ミス紅花》は置賜地方の三市五町から選ばれるの。米沢市、南陽市、長井市、高畠町、川西町、小国町《おぐにまち》、白鷹町、飯豊町のことなんだけど、父は『置賜振興のための

《ミス紅花》なんだぞ。いったん申し込んでおいて辞退とは信義に反する行いだ。娘にそんなことされたら、俺は置賜じゅうの人に顔向けできない』なんて言い出して……父が困るのなら仕方がないと思って、二次、三次と審査に行ったら通っちゃって。人前に出るの苦手だしなんかあるたびに東京から帰ってこなきゃいけないから、大変な一年間でした」

顔をしかめて雪子は言った。

雪子の父、吉春はこの問題でも「信義」という言葉を出していることが印象的だった。

そんな他愛もない話をしているうちに、真冬と雪子は酒器の中身を空にしてしまった。

雪子は酒器を提げて一階へ降りていったが、すぐに二本目を持って来た。

「わたし、今日、野々村開発に行ってきたんだ」

真冬の言葉に、雪子は一瞬、顔をこわばらせたが、すぐに明るい声で訊いた。

「忠司さん、元気だった？」

「ええ、雪子さんに経営に参画してほしいって言ってた。社員一同の願いだって」

真冬の言葉に雪子はまじめな顔になった。

「わたしは、父は尊敬していたけど、野々村開発の仕事にはまったく興味がない。この宿に籠《こ》もって自然とふれあって、お客さまの喜ぶ顔を見ているほうが好き。シンプルな仕事がわたしには向いていると思う」

「でも、大変な仕事だよね。わたしのお世話になってた温泉民宿のご夫妻も、いつも苦労だらけだって言った」

「そう……悩むことは少なくはないよ。とくに経費の悩みね。光熱水費をはじめ経常経費がかなり掛かるから。でもね。こんな素敵なところで働いているんだよ。仕事が終わってから露天風呂に入って、最上川のせせらぎ聞きながら満天の星を見上げてるとき、なんていい人生だろうって思うの」

「経費の悩みのないお客としては、その状況は最高でありました」

ふたりは声を合わせて笑った。

「ここは福島県境の西吾妻山の北麓のやや東寄りにあたるエリアなのね。西側にひと山越えた白布《しらぶ》温泉とか新高湯《しんたかゆ》温泉、天元台《てんげんだい》高原は西吾妻山の真下にあたるエリアで、米沢市内ではもっとも華やかだし観光客も多い。とても魅力ある土地よ。でも、最上川源流のこの地域がわたしは好き」

雪子はさわやかに笑った。

真冬は急に不安になって訊いた。

「李山ってこのあたりだよね。大平ってどこ？」

「大平はこの北隣の地域だよ。ずっと山に入ったところに大平温泉っていう素敵な秘湯があるの」

屈託なく雪子は答えた。

「最上川最源流の李山地区と大平地区に、太陽光発電所を作る《最上川源流メガソーラー・プロジェクト》という計画があるんですってね」

真冬は湯浅に聞いた話を振った。

「そうなの。県と市や、いくつかの企業が推進しようとしているプロジェクトだけど……」

言葉を切ると、雪子は急に厳しい顔つきになった。

「この豊かな自然郷にそんなもんを作りたい人の気持ちがわからない。わたしはもちろん大反対だし、賛成してる地元の人なんていないよ」

激しい声で雪子は言った。

「施設の老朽化や火災時の対応なんかの問題が各地で起き始めているよね。でも、推進しようという人たちは少なくないけど」

真冬は煮え切らない言葉を口にした。

この問題は事業主体や破壊される環境など具体的な各地の状況によって、大きく左右される。

「大規模なソーラー施設なんて作ったら生態系を破壊してしまう。最上川源流地域の美しい自然がめちゃくちゃになっちゃうのよ」

雪子は目を吊り上げた。

「でも、野々村開発も参加する予定なんでしょ」

真冬は慎重に言葉を選んで訊いた。

「え？　なんの話？」

雪子は目を見開いた。

「今日、湯浅専務が言ってたよ。野々村開発はソーラー事業に参加するって」

真冬は事実をそのまま伝えた。

「待って、わたし聞いてないよ」

雪子は叫び声を上げた。

この雪子の言葉に真冬は意外と驚かなかった。

湯浅専務はすべて真実を語っているわけではなかったのだ。

「亡くなる前にお父さんが決めた方針だって。お父さんの遺志なんだって」

それでも真冬は念を押して訊いてみた。

「そんなはずないっ」

きつい声で言うと、雪子は作務衣のポケットからスマホを取り出した。

数回の呼び出しで相手につながった。

「もしもし忠司さん、雪子だ。変なこと聞いたんだけども、うちの会社が《最上川源流メガソーラー・プロジェクト》に参加する予定だってほんとの話なの？」

相手の湯浅専務がなにか答えている。

「いや、わたしはひと言も聞いてないよ。そんなはずはない。だって、春雁荘だって影響受けんのよ」

しばらくの間、湯浅はなにやら言い訳めいた口調で話し続けていた。

「そんなのは理由になりません。すぐにプロジェクトから手を引いて。うちの会社としては、あんなプロジェクトにはいっさい関われません」

雪子の語気はますますつよくなった。

「一週間以内。それができないなら、あなたは専務失格。出ていってもらう。わたしは本気よ。わかったね」

激しい調子で雪子は電話を切って、スマホをポケットに入れた。

「教えてくれてありがとう。真冬さんの言ってたこと、事実だった。忠司さんは父の遺志だなんて言ってるけど、あり得ない。父は死の直前までひと言もソーラー事業のことなんて口にしてなかった。野々村開発が関わるとしたら、最大の事業になるはず。そんな話をわたしにしないなんて考えられない」

雪子の語気はふたたび激しくなった。

「あなたに反対されると思っていて黙っていたのかもしれないね」

真冬の言葉に雪子は、はっきりと首を横に振った。

「それはないよ。わたしが反対したって自分がやると決めたらてこでも動かない人だったから。実はね、父はこの三月にわたしが市役所を辞めて春雁荘の女将になることには大反対だったの。止める直前に、野々村開発のほうを手伝ってほしいって頼まれたんだ」

「湯浅専務もそんなことを言っていたね」

「そう、専務も交えて話し合いも持ったし、その時点での事業についての説明も受けたのよ。それから父が亡くなるまで四〇日くらいでしょ。そんな大事業へ参加する予定があるのなら、わたしに黙っているはずがない。専務はウソをついてるのよ」

「なんでそんなウソをつくんだろう」

あとで事実は必ず明るみに出る。自分が困るだけだろう。

だが、ある程度話が進んでしまったら、雪子も反対しきれなくなると踏んでいるのか。

真冬には雪子がそんなに意志の弱い女性とは思えなかった。

「彼なりに自分がよいと思う方針で会社を動かしたいんでしょう。まかせっきりにしてるわたしが悪いね。でも、ほかのことはいいけど、ソーラー事業だけは絶対ダメ。わたしはあの事業だけは許せない」

目を怒らせて雪子は言った。

その迫力に気押されて真冬は黙って雪子を見ていた。

ハッと気づいたように頬を染めて、雪子は気まずそうに口を開いた。

「すっかり酔いが覚めちゃったね……今夜はお開きにしましょうか」

「ええ……楽しかったよ」

途中までは純粋に楽しかった。

その後は仕事の上で役に立つ情報がたくさん出てきた。

湯浅専務には注意すべきだ。

「ごめんなさい、真冬さんには関係のない話なのに……」

肩をすぼめて雪子は言った。

「わたし、雪子さんの気持ちはよくわかるよ」

真冬もこんな素敵な山里にソーラー発電所を建設しようという計画には疑問を感じていた。

「そうだ、明日の朝ご飯を早めにして、ちょっとドライブしない？」

気を取り直すように雪子が誘った。

「どこへ行くの？」

「うちとはまた違った魅力のある露天風呂に案内したいと思って。バスでは行けない場所なんで。市内だけど意外に遠くて、八時くらいに出ても帰ってくるのはお昼になっちゃうけど」

「お仕事、大丈夫なの？」

いまの時間とは違って午前中はいろいろ忙しいのではないか。

「この時期は連休以外はお客さんが少ないの。天元台はそろそろ紅葉がきれいだから込んでいると思うけど。このあたりで紅葉が始まる来週くらいから忙しくなるんだけど、秋のピークは文化の日くらいかな。いまのうちに少し骨休めしとこうと思って。

明日もお客さんは真冬さんだけ」

雪子はちょっと恥ずかしそうに笑った。

明日の方針ははっきりしていなかった。二宮からの連絡に従うつもりだったが、いまのところ連絡はない。

二宮に迎えに来てもらえなければ、飯田のおばさんが運転してくれる送迎車に頼るしかない。米沢駅に出られるのは一〇時半くらいになってしまう。

いずれにしても雪子のそばにいれば、なにか新しい情報がつかめるかもしれない。

「お昼くらいに戻れば大丈夫かな」

真冬は明るい声で答えた。

「一緒に行けて嬉しい。じゃあ明日は朝ご飯は七時。八時半には出るからね」

「了解、お風呂に入ったら寝るね」

真冬の言葉ににこやかにうなずいて雪子はお盆を手にして部屋を出て行った。

3

翌日の九時頃、真冬と雪子は水位の下がったダム湖の湖畔にいた。

二宮からの連絡はなく、午前中はゆっくり温泉が楽しめそうだった。

途中、雪子が謝った上で、この場所に寄らせてくれと言ったのだ。

水窪《みずくぼ》ダムという灌漑《かんがい》と水道用に作られたダムで、湖は「豊饒《ほうじょう》の湖」という洒落《しゃれ》た名前を持っていた。

ダムのかたわらの駐車場に白い軽四駆を駐めると、雪子はダム上に作られた自動車道路へと歩き始めた。無言の雪子に真冬も黙って従いていった。

まん中あたりに立った雪子は、自分が摘んできた庭のコスモスの束を湖面めがけてふわりと投げた。

コスモスはロックフィルダムの斜面を転がり落ちていって、はるか下の水面に散った。

雪子の表情は深く沈んでいて唇はかたく結ばれていた。

「お花を？」

真冬は静かに訊いた。

誰かを悼む姿にしか見えない。

「わたしの母が亡くなったところなの」

淋しそうに雪子は答えた。

「お母さまが……」

真冬は言葉を失った。

「母は一五年前、わたしが中学三年生のときに、この湖畔沿いの道路からクルマごと湖に落ちて亡くなったの」

「そうだったの」

真冬は言葉が継げなかった。

「母はその頃、春雁荘の女将をやっていたのよ」

真冬に顔を向けて雪子は言った。

「お母さまの後を継ぎたかったのね」

「そんな気持ちはあると思う。いつも明るい母のこと大好きだったから」

しんみりとした声で雪子は言った。

「それはとても大切なことだと思う」

父母の記憶が少ない真冬は、雪子の気持ちは尊いものに思えた。

「でも、ちょっと風流というか酔狂な人だったの。ゴールデンウィーク後の新緑の時期に、ひとりで月光に輝く湖と水没林を見に行ったのよ。そんなことしなけりゃよかったのに。そしたら、いまはふたりでお客さんをお迎えできたのに」

雪子の声は湿った。

真冬は言葉を返せなかった。

「思えば、父も母も五月という同じ月に、水に落ちた姿で亡くなった。なにかの因縁かしらね。五月の命日には必ず来るの。でも、なかなか来られないから、今日はつきあって頂いちゃった。ごめんなさい」

頭を下げて雪子は礼を言った。

「いいえ、雪子さんは本当にかわいそう」

「真冬さんは幼い頃にご両親を亡くされているでしょ。わたしなんかよりもっとかわいそう。ありがとう。さ、行きましょう」

雪子が先に立ってふたりはクルマへ戻った。

そこからの湖畔沿いの県道はくねくねとしたワインディングロードが続いた。

雪子の母が転落した場所はわからないが、ここを通るのは彼女にはつらいことだろう。

クルマを駐める場所もないが、彼女は無表情で軽四駆を飛ばし続けた。

湖が尽きてすぐに立派な道路に出た。

「福島市に続いている国道一三号。戻る方向は秋田市まで続いているの」

長いトンネルを抜けたクルマは県道を経て狭い山道に入った。
どれほど山道を走ったことか。
クルマは坂道を上り続けている。
まわりの雑木林の葉の色がどんどん濃くなっていくことに気づいた。
黄色い葉が多いが、都心では見られないような鮮やかな赤も混じる。
やがて目の前が開けた。
砂利の駐車場に雪子はクルマを駐めた。
「うわーっ、すごくきれい」
クルマを降りた瞬間に真冬は叫び声を上げた。
正面遠くには青空を背にして平らな稜線の峰が延びていた。
自分を囲むようにして赤、黄に染まった葉がひろがっている。
峰の中腹の一部が白い岸壁となっているが、視界はほとんどが紅葉そして黄葉だ。
ところどころに針葉樹の深い緑がアクセントとなっていた。
月並みな錦秋《きんしゅう》という言葉では表現できないほどに、鮮やかで複雑で豊かな色彩だ。
「よかった。いい色に染まってて」
雪子は白い歯を見せて笑った。

「とにかくすごい。こんな紅葉、生まれて初めて見たよ」

感動をうまく言い表せないのがもどかしかった。

「ここは標高が一三〇〇メートルくらいあるから、李山より半月以上は早いの」

「ベストの時期に来られたなんて幸せ。雪子さんのおかげだね」

右手にはチョコレート色の壁とグレーの屋根を持つ二階建ての旅館が岩壁に貼り付くように建っていた。

「姥湯《うばゆ》温泉の《枡形屋《ますがたや》》さん。目的地に到着です！」

嬉しそうに雪子は言った。

真冬たちは枡形屋の受付に足を進めてひとり六〇〇円の入浴料を払った。

アルバイトらしき若い男の子なので、雪子はかるく頭を下げて受付を離れた。相手が主人や番頭のような人だったら、きちんとあいさつする必要があっただろう。

旅館建物脇の細い通路を真冬たちは露天風呂へと向かった。

「瑠璃《るり》の湯って名前がついている女性専用露天風呂があるから安心して」

歩きながら雪子は背中で言った。

だが、なにが「安心して」なのだろう。

「本当は奥の山姥《やまんば》の湯っていう混浴の露天風呂のほうが眺めはいいんだけど、難しいよね？」

まじめな顔で雪子は訊いた。

「さすがにそれはちょっと……」

子どもの頃はともあれ、大人になってからはもちろん混浴の経験などあるはずもない。

「雪子さん、混浴の温泉に入ることあるの？」

「入るよ」

あっさりと雪子は答えた。

たまたま一緒になった男性は目の玉が落ちてしまうのではないだろうか。

さらに進むとすだれに囲まれた質素な脱衣小屋があった。

硫黄の臭いに包まれた脱衣室でふたりは服を脱いだ。

湯船の端に出た瞬間、真冬ははしたない声を出してしまった。

「うわっ、うわっ。お風呂からの眺めのほうがずっとすごい！」

「そ、そんなに喜んでくれて嬉しいよ」

駐車場からは遠かった山がぐんと近づいている。

白っぽい岩肌が火山性のいわゆる地獄地形であることがわかった。

それにしても、なんという紅葉の素晴らしさだ。

色とりどりの無数の葉がさざ波のようにキラキラ輝いている。

かなりひろい湯船には、幸いにも先客はいなかった。

じゅうぶんにかけ湯して、真冬たちは湯船につかった。

完全に白濁しているので、お湯のなかはまったく見えない。

出入りのときだけ気をつければ、混浴にも入れそうな気がする。

湯はまろやかでややぬるめだった。

真冬は熱い湯は得意でないので嬉しかった。

全身がゆっくりとほぐれてゆく。

鼻歌が出てきそうな気持ちよさだ。

湯が跳ねてうっかり唇を濡らした。かなり酸っぱい。

「もちろん源泉掛け流しの単純酸性硫黄温泉。湧出量は毎分三〇〇リットルだから、うちの五〇倍の湯量だね。三〇〇リットルってすごいのよ。大型旅館の建ち並ぶ温泉街だって、それくらいの湯量のところは珍しくないの」

「一軒の旅館としてはもったいないくらいの湧出量だね。だから、こんなに大きな露天風呂をまかなえるのね」

「混浴露天風呂はもっとずっと大きいんだけどね」

雪子は悔しそうに言った。

「やっぱり無理だから」

下手をすると、隣の混浴露天風呂に引っ張って行かれそうだ。

「残念だけど、お湯とお風呂と景色と歴史ではうちは太刀打ちできませーん」

雪子はどこか嬉しそうに言った。

「でも、ほかのことでは勝ってるんじゃないの？」

料理とサービスと美人女将では春雁荘に軍配が上がるのではないだろうか。

「さぁ、どうでしょう。泊まったことないんでわからないけど、ぜんぶ負けてたりして」

冗談めかして雪子は眉をひょいと上げた。

「今度ぜひ偵察してみなきゃ」

真冬も冗談で答えた。

しばらくふたりともおしゃべりせずに、ゆっくりお湯を楽しんだ。

「わたし、すごく腹が立ってるの」

雪子が低い声で言った。

「ソーラー事業のことね」

真冬の言葉に雪子はうなずいた。

「ここはエリアが違うけど、美しい自然は最上源流地帯だって変わらない。そんな場所でソーラー事業をやろうとするなんて理解できない。休耕田が続いている場所ならともかく、今回の計画は山裾の森林を伐採することにもなるのよ。自然破壊までして太陽光発電所を作ってエコだなんて言っている人の気が知れない。そんな事業に参加するだなんて論外よ。今日顔を合わせたら、ひっぱたいちゃうかもしれないから、湯浅専務には二、三日の間をおいてから会いに行こうと思ってる」

本当にひっぱたきかねない勢いで雪子は言った。

ひゅるりと近くの木の幹で鳥が鳴いた。

「ところでね、事件のことだけど……」

雪子はぽつりと言った。

「なにか思いついたの？」

真冬のこころは騒いだ。

「うん。ゴールデンウィークの直前に、父がうちに泊まりに来たんだ。月に一回くらい顔は出すけど、泊まるのはすごく珍しいことなのね。たまたま、あの晩は真冬さんと同じ《あずましゃくなげ》に泊まったんだ。それで、昨夜《ゆうべ》みたいにふたりでお酒を飲んだんだけど、父が『まったく困ったことになった』って漏らしたのよ。わたしが『どうしたの？』って訊いても渋い顔でお酒を飲んでるばかりで、結局教えてくれないで寝ちゃったんだ。翌朝、もう一度訊くと『なんかの聞き間違えだろ』ってとぼけて帰ってしまった。でも、いま思い返すと、あのときの父はなにかしら問題を抱えてたとか思えない。なんでしつこく訊かなかったのか、いまは後悔してる」

雪子は唇を噛《か》んだ。

「その話は今回の事件と関係があるかもしれないね。でも、お父さまが悩んでいたのはいったい何のことだったんだろうね」

真冬はゆっくりと尋ねた。

「わたしも考えてみたの。だけど、どうしてもわからない。会社の事業は問題なかったし……。公私ともに、まわりの人ともうまくいっていたはずなんだよ」

眉間にしわを刻んで雪子は言った。

身体はすっかりリラックスしてしっかりと温まった。

雪子の白い肌もほんのりとピンクに染まっている。

まるで薄桃色の紅花染めのようだ。

「そろそろ上がりますか」

雪子がゆったりと言った。

「すっかり堪能しました。ありがとね」

ふたりは風呂から上がり脱衣場で着替えて外へ出た。


「なに……？」

真冬は思わず目を見張った。

脱衣小屋から出たところに五〇歳くらいの男性と三〇歳くらいの女性が立っていた。

ブラックスーツに身を固めた、ふたりの目つきは鋭い。

刑事だな、と直感して真冬は身構えた。

「野々村雪子さんですね」

平坦な調子で男が訊いた。

真冬を目指してやってきたのではないようだ。

「はい、そうですが」

身を硬くして雪子は答えた。

「山形県警です。ちょっと伺いたいことがありますので米沢丸の内署までお越し頂けますか」

男はゆっくりと警察手帳を提示した。

山形県警の巡査部長だ。井上利行《いのうえとしゆき》という氏名が記されている。

提示の仕方に問題はない。

「待ってください」

真冬は大きな声で制止した。

「あなたは？」

井上はけげんな顔で訊いた。

「うちのお客さまです。こちらのお風呂にご案内してきたんです」

雪子は真冬をかばうような調子で言った。

「朝倉と言います。なんの容疑ですか」

真冬は井上の目を見据えて訊いた。

「あなたに言う必要はないのですがね」

皮肉っぽい調子で井上は答えた。

「野々村さんには告げるべきです」

真冬の言葉に男は大きく舌打ちした。

「野々村吉春さん殺害事件についての参考人としてお話を伺いたい」

男はゆっくりと考えもしなかった言葉を投げた。

「なんですって！」

雪子は目を剝《む》いて叫んだ。

「そんなバカなことって」

真冬は混乱していた。

「さ、ご一緒頂きますよ」

井上と女性刑事はさっと両脇に迫ると、雪子の左右の二の腕をそれぞれつかんだ。

「参考人聴取なら、身柄を拘束してはいけません」

真冬は口調を極めて警告した。

「なにを言ってるのっ」

女性刑事が気色ばんだ。

「大丈夫です。逃げたりしません」

雪子は静かに言った。

「それは賢明ですな」

にやにやしながら井上が言った。

井上が雪子の腕を放すと、女性刑事も顔をしかめてこれに倣《なら》った。

「わたしクルマで来ているんですけど……」

とまどいがちに雪子は訴えた。

「では、うちのほうで署まで移送します。鍵をお預かりしたいんですが」

井上の言葉に雪子はデイパックからクルマのキーを取り出した。

「お客さまをお送りできなくなっちゃうんですが」

雪子は困ったように眉根を寄せた。

「申し訳ないが、それはうちではなんとも」

平気な顔で井上は答えた。

「帰りのことは心配しないで。それより雪子さん、身に覚えのないことはなにがあっても喋っちゃダメ。一度口から出た言葉を覆すのはすごく大変だから。これだけは守ってね」

必死の思いで真冬はいちばん大事なことを伝えた。

「わかった、ありがとう」

雪子は気弱にほほえんだ。

「あなた弁護士なの？」

女性刑事がきつい声で訊いた。

「答える義務はありません」

真冬は突っぱねた。

女性刑事はなにかを言い返そうとしたが、井上が目顔で制した。

「ごめんね。なんだかわからないけど行ってくる。今夜もうちに泊まってね」

ひたすら恐縮している雪子が、真冬はかわいそうでならなかった。

どんなにか大きな不安を抱えていることだろうに。

「もう一回言うね。身に覚えのないことは絶対に言っちゃダメだからね」

真冬はくどいほどに念を押した。

「わかった、ありがとう」

雪子は頭を下げてきびすを返した。

女性刑事が先に立ち、後ろに少し離れて井上が歩き、そのまま雪子は連行されていった。

グリーンのデイパックを揺らしながら、立ち去る背中が小さくなってゆく。

最高の自然環境のなかで、真冬のこころに大きな不安が渦巻いていた。

青空遠く鳴き声も高らかにトビが舞っていた。

第四章　嫌疑

1

しばらく真冬はぼう然としていたが、気を取り直してスマホを手にした。

着替えなどを入れてきたので、サブザックをクルマのなかに置いてこなかったのが幸いだった。

とにかく二宮に連絡を取らねばならない。

真冬は二宮の番号を呼び出してタップした。

だが、二宮は出ずに呼び出し音が続いているだけだ。

五回掛けても無駄だった。

真冬はショートメールを使ってメッセージを送ることにした。

――いま、春雁荘の野々村雪子さんが山形県警に参考人として連行されました。姥湯温泉の桝形屋から米沢丸の内署に向かいました。事情がわかりません。連絡ください。朝倉真冬。


あとは二宮からの連絡を待つしかない。

真冬は駐車場まで戻って、適当な岩に腰を下ろした。

谷あいにスマホの着信音が響いた。

「来たっ」

真冬はほっとしてスマホを耳に当てた。

「あの、朝倉さんですね？」

二宮の声ではない。だが、聞き覚えがある。

「はい、そうですけど。どなたですか？」

「篠原です。雪子さん、そこにいますか？　何度掛けてもつながらないんで」

焦りがありありとわかる声で篠原は訊いた。

「それが……」

真冬は答えに窮した。

篠原にどこまでの真実を伝えるべきか。

「いま、春雁荘の人から連絡もらって。雪子さんを探して警察の人が姥湯に行ったって言うから……」

そこまで知っているのなら、隠しても意味はない。

「雪子さんね、警察に参考人として連れて行かれたんです」

言葉にするだけでもつらい。

「参考人……いったいなんの事件ですか」

篠原はかすれた声で訊いた。

答えるべきか……しかし、二宮と連絡が取れないいまは篠原が頼りだ。

「野々村吉春さんの事件の関係です」

真冬は静かに告げた。

「そんなバカな……」

篠原は言葉を失った。

「でも、あくまで参考人だから」

なだめるように真冬は言った。

だが、これは業界で言う「任意で引っ張られた」という状況だ。捜査本部では自白を得ようとするはずだし、何らかの証拠が出ている可能性もある。

「いまから丸の内署に行ってきます」

気負い込んで篠原は言った。

「無駄ですよ。会わせてくれるはずがないし、事情も教えてはくれません。かえって警察に変な目で見られるだけだから止めとくべきです」

断定的に真冬は警告した。

「僕はどうすればいいですか」

困惑した篠原の声が聞こえた。

「彼女を信じて待つしかないです」

真冬は自分自身にもそう言い聞かせた。

「そうですか……」

篠原は力なく答えた。

ほんの短い沈黙の後で篠原が訊いた。

「もしかして帰りの足に困ってるんじゃないんですか」

図星だった。姥湯から春雁荘までどこを通るのかさえよくわからない。

米沢市内と言っても町場も春雁荘もはるか彼方《かなた》だ。

「そうなんです。タクシー呼んでもらおうかと思ってたんですけど」

「タクシーっていっても、そこだと簡単には来ませんよ。いまから行きます。小一時間かかりますけど、待っててください」

篠原はせわしなく言った。

「いいんですか？」

正直ありがたかった。

「ええ、とにかくそちらに行きます」

篠原はそそくさと電話を切った。

パールピンクに輝く篠原の軽自動車が林道のカーブから現れたのは一時間ちょっと経ってからだった。

「とにかく乗ってください」

運転席の窓から顔を出して気ぜわしく篠原は言った。

「ありがとうございます」

篠原の顔を見るとなんだかすごくほっとした。

真冬が助手席に乗ると、すぐに篠原はクルマをスタートさせた。

「なんでこんなことになったんでしょう」

ステアリングを握りながら篠原は訊いた。

「わたしにもなにがなんだか」

真冬はそう答えるほかなかった。

真冬にも雪子が被疑者扱いされている理由はわからなかった。

「ああ、どうすればいいんだ」

篠原は絶望的な声を出した。

「落ち着いてください」

真冬は篠原の興奮を醒《さ》ましたかった。

彼は狭いワインディングをかなりのスピードで飛ばしている。

運転を誤って事故死したという雪子の母の話が頭をよぎった。

だが、雪子の身を気遣う篠原には好感を持った。

彼女にはこうして自分を心配してくれる人がいるのだ。

帰り道では水窪ダムには寄らず、市街地の外れを通って春雁荘に向かった。

最上川源流沿いの道を遡《さかのぼ》ってゆくと、春雁荘の看板が現れた。

「うわっ」

導入路に入ると篠原は短く叫んだ。

春雁荘の駐車場には警察車輌が五台も駐まっていた。

玄関にはふたりの制服警官が立哨《りっしょう》して建物内に入ることを規制していた。

「なんなんですか、これは？」

怒りのこもった声で篠原は言った。

「おそらくは家宅捜索してるんですね」

ほかの理由は考えられなかった。

篠原は空いているスペースの端にクルマを駐めた。

制服警官たちがいっせいにこちらを見た。

真冬はすぐに外へ出て玄関へと足を進めた。

篠原も後から従いて来た。

「ここは立ち入り禁止です」

若い警官が厳しい声で言った。

「わたし宿泊客なんです。昨夜も泊まったし、今夜も予約しています。荷物もあるんですけど」

堂々と真冬は言った。

「え……そうなんですか」

制服警官たちは顔を見合わせた。

若いほうの警官が春雁荘に飛び込んでいった。

真冬の言い分にどう判断していいかわからず、上司を呼びに行ったのだろう。

しばらくすると、私服捜査員と思しき五〇年輩の男が出てきた。

姥湯に来た井上巡査部長ではない。

家宅捜索の責任者かもしれない。とすれば米沢丸の内署の強行犯係長あたりだろうか。

「これどういうことなんですか」

真冬はあえて訊いてみた。

「宿泊客さんには関係ないですよ」

素っ気なく男は答えた。

「でも、わたしの荷物を返してもらわないと」

抗議めいた口調で真冬は言った。

「まぁ、たしかにそうだねぇ。ちょっと待っててね」

男は建物に入っていった。

しばらくすると、飯田が真冬のザックを抱えて建物から出てきた。

「朝倉さん……」

憔悴《しょうすい》した飯田が近寄ってきた。

「いったいどうしたんですか」

やわらかい声で真冬は尋ねた。

「わたしにもなにがなんだかわからなくて。九時前に三〇人くらいのおまわりさんと刑事さんがやってきたんです。吉春社長がどうこうって言って、裁判所のお墨付きだとかを見せられて。それから家捜し始めたんですよ。それで段ボール箱にいくつも宿のものを運び出しました。警察の人も一〇人くらいは帰ったんですけど、ほかの人はまだあちこちの部屋を調べてて。仕事もできないんです。お風呂のお掃除だってしなきゃならないのに」

困り切ったような表情で飯田は訴えた。

警察は家宅捜索の理由を告げているはずだが、飯田には聞き取れなかったか理解が難しかったのだろう。

「大変ですね」

真冬にはこの純粋な女性に掛けるべき適切な言葉が見つからなかった。

「雪子さんが帰ってくるまでは、ここを守ってなきゃと思ってます」

弱々しい声で決意を口にする飯田に真冬はちょっと感動した。

「雪子さんはしばらくは戻れないかもしれません」

だが、真実を伝えるほかない。

「えーっ、わたしたちどうすればいいんでしょう」

すがりつくような顔で飯田は訊いた。

彼女の処理能力を超えている事態に違いない。

「ごめんなさい。わたしには答えがわかりません」

湯浅に頼れと安易に言うべきではない。

「そうですよね……」

飯田は肩を落とした。

「ザックありがとうございます」

真冬の言葉に飯田はあわててザックを返した。

「中身を見せさせられて写真も撮られましたけど、返してくれて」

飯田は申し訳なさそうに言った。

すべての貴重品は姥湯に持っていったサブザックに入れておいた。

もっとも警察が事件と無関係の私物に手をつけるわけがない。

「捜査はどんな感じでしたか」

立哨警官を気にしながら、声をひそめて真冬は訊いた。

「ぜんぶの部屋をひっくり返して、来てすぐに、『あったぞー』とか叫んでました。それからもお風呂から脱衣場から物置まで、いまも調べてますね」

真冬に合わせてちいさな声で答えながら飯田も顔をしかめた。

「なるほど……」

なにか重要な証拠を見つけたのに違いない。

真冬の心は沈んだ。

「市内の知り合いのビジネスホテルさんに電話して頼みました。うちの部屋が使えなくなって連泊のお客さまが困っているとだけ伝えてあります。大門二丁目の《舞鶴ホテル》さんです。いまからでも入っていいそうです」

飯田は口をつぼめて言った。

「ありがとうございます。助かります」

真冬にとっては新たな居場所ができた。

飯田の配慮には感謝するしかない。

「心配でしょうがねぇけど、とにかく雪子さんのお帰りを待ちます」

自分に言い聞かせるように飯田は言った。

ここにも雪子の身を案ずる人がいた。

「そうですね、雪子さんが早く帰ってくることをわたしも祈っています」

真冬にもわけがわからないのだ。雪子はすぐに帰ると言いたいところだが、あまり大きな期待を与えるべきではない。

「またお越しくださいね」

「はい、ぜひ」

真冬は頭を下げて飯田に別れを告げた。

篠原がクルマのドアを開けて待っていてくれた。

飯田が予約を入れてくれた《舞鶴ホテル》は米沢城趾の東側。直線距離で六八〇〇メートルほどの場所にあった。

マップで確認すると、野々村開発の本社とも同じくらいの距離だ。

「僕はとりあえず工房に戻っています。なにかあったらすぐに連絡ください」

ホテルの前で篠原が言った。

「わかりました。そのときはすぐに連絡します」

真冬ははっきりと答えてクルマを降りた。

篠原の軽自動車はまっすぐな通りをちいさくなっていった。

真冬はチェックインする前に、自分が《舞鶴ホテル》に泊まることと連絡がほしい旨を二宮にショートメールで送った。

《舞鶴ホテル》は、白壁RC四階建てのどこでも見かけるようなビジネスホテルだった。

フロントにいた高齢の男性は春雁荘のことは尋ねずに真冬を四階の角部屋に案内してくれた。窓からは松が岬公園がよく見える。

真冬はさっそくノートPCを取り出して明智審議官へメールを打った。


――本日、午前一〇時半過ぎ、野々村吉春殺害事件の参考人として一人娘の温泉旅館春雁荘経営者である野々村雪子が米沢丸の内署に任意で連行されました。また、彼女の住居でもある春雁荘に今朝から家宅捜索が入り、なにかしらの証拠物件を発見したと推察されます。捜査本部側が雪子を拘束した理由は判然としません。この後の行動のご指示をお願いします。

五分もしないうちに明智審議官から電話が掛かってきた。

「事態が急変したな。君は野々村雪子が真犯人だと考えているのかね」

よく通るが、まったく感情のこもっていない声が耳もとで響いた。

「お答えできるだけの材料がありません。なぜ、身柄拘束されたのか、どうして家宅捜索されたのか、動機についても現時点ではなにもわかっていません」

真冬は正直に答えた。

「そうだな。では、君の印象を聞こう」

「わたしは春雁荘に二泊して今日も別の温泉に連れて行ってもらいました。まさか被疑者扱いされる人物とは思いもしなかったので、野々村雪子とは親しくなりすぎてしまいました。ですので、正しい印象をお伝えできないと思います」

つらい答えを真冬は返した。

「わかった。その上で訊きたい」

だが、明智審議官は重ねて問うた。

「わたしの印象では、野々村雪子はひたむきで情熱的な性格です。他者の気遣いもよくできて性格は円満だと考えられます。ただ、気のつよいところもあるので、激情に駆られたときの行動は想定できません」

真冬としてはできるだけ冷静に印象を伝えた。

わずかの間、明智審議官は沈黙した。

「そちらで接触した二宮警部補と連絡は取れているのか」

真冬の印象には言葉を返さず、明智審議官は別のことを尋ねた。

「連絡を取っていますが、返事がありません」

真冬がいちばん待っていることだった。

「二宮と連携して捜査本部の状況を収集するように努めよ。今川からいままでの調査の詳細は聞いている。こちらでもできる手は打っている。引き続き現状を把握することに努めてくれ。また、篠原正之と湯浅忠司についても監視を続けるように。以上だ」

冷たい口調で言って明智審議官は用件を終えた。

「了解しました。引き続きよろしくお願いします」

真冬は電話を切った。

そのまま真冬は今川の番号をタップした。

「朝倉警視、お疲れさまです」

今川の快活な声に救われる思いだった。

「お疲れ。いま明智審議官と電話でもお話ししたんだけど、予想もつかない事態が起きたの」

「いったいなんです」

「春雁荘の野々村雪子さんが任意同行で米沢丸の内署に引っ張られたの」

真冬はまたもつらい言葉を口にした。

「なんですと！」

今川ののけぞる姿が見えるような気がした。

「詳しいことは明智審議官から連絡があると思う」

「あ、明智審議官からなんかメール入ってますね」

今川は言った。ＰＣを見ているのだろう。

「それを見て。とにかく山形県警の二宮さんからの連絡を待っている。そこでわかったことがあったら、すぐに連絡するね」

「お待ちしています」

今川は余計なことを言わずに電話を切った。

とっくにお昼を過ぎていたが、真冬はまったく食欲がなかった。

エレベーターホール横の自販機で缶コーヒーを買ってお昼ご飯代わりにした。

2

窓の外は夕闇が迫っていた。

松が岬公園の向こうの空はきれいなグラデーションに染まってた。

すでに午後五時を過ぎている。

突如、部屋のチャイムを鳴らす音が響いた。

自分がここにいることを知っている人間は少ない。

真冬は期待しつつドアガードを掛けたまま、扉を少しだけ開けた。

「部屋に入れてください」

短く言ったのは二宮だった。

待ちに待った人物の登場に真冬の胸は躍った。

「入って」

あわててドアガードを外して、真冬は二宮を招じ入れた。

転がり込むように二宮が部屋に入ってきた。

「すみませんが、ドア閉めてください」

真冬はドアを閉めてドアガードも掛けた。

この部屋にはソファなどはない。

真冬はドレッサーの椅子に二宮を座らせ、自分はベッドの端に腰掛けた。

「待っていました」

真冬の声は明るかった。

「すみません、家宅捜索にも引っ張られたんで連絡できなくて……」

二宮は頭を掻いた。

「そんななかよく来てくれましたね」

「いや、電話で済ませられるような事態ではないので」

厳しい顔つきで二宮は言った。

「抜け出すのは大変だったんじゃないんですか」

「実はいまも夕飯を食ってくると言って捜査本部を出てきたんです。米沢丸の内署はここから七〇〇メートルくらいですからね。でも、長くても一時間くらいしかここにはいられません」

二宮は神経質に眉を動かした。

「わかりました。本庁にも連絡はとっていますが、わたしたちは二宮さんの情報が頼りなんです」

「あの、朝倉さんのいう本庁というのは警察庁ですよね。誰と連絡とっているか、訊いてもいいですか」

遠慮がちに二宮は訊いた。

「わたしは明智光興長官官房審議官の命令で動いています。実質上の刑事局次長相当職です」

真冬は淡々と言った。

「ちょっと雲の上過ぎてよくわかんないんですけど、階級はどれくらいなんです？」

「警視監です」

二宮の目が大きく見開かれた。

「げえっ。うちの本部長は警視長ですよ」

二宮は大きくのけぞった。

「さっき電話したときも、明智審議官はあなたと連携をとるようにと言っていました。わたしに協力してくれる二宮さんの立場は心配ありません」

上からの圧力には負けずに済むと真冬は請け合った。

「僕は警視監命令で動いてんのか。がぜんやる気が出てきたぞ」

二宮は元気よく言った。

もっと早く伝えるべきだったか。いや、二宮はそんな話をしなくてもじゅうぶんにやる気のある刑事だ。

「まず、どうしてこんなことになったか説明してください」

真冬は時間を気にしながら本題に入った。

「実はね、今朝五時頃に丸の内署にタレコミがあったんですよ」

「どんなタレコミ？」

「まわりの目を盗んで、なんとかコピーとってきました」

二宮は四つに畳んだ一枚のコピー用紙を内ポケットから取り出して真冬に渡した。

真冬は開くのももどかしく文字の列に目を通した。


——野々村吉春と雪子は実の父娘でない。雪子の母、美佐恵《みさえ》は実母だが、雪子はよその男の子どもだ。美佐恵は一五年前、水窪ダムの豊饒の湖に月光の水没林を見に行った帰りに、クルマごと湖に沈んで死んだ。事故として処理されたが、実は吉春が殺したのだ。その頃、仙台の高級クラブのホステスと不倫関係にあった吉春は美佐恵が邪魔になって殺害したのだ。そのホステスは一〇年以上前に病死した。以上の事実を四月に知った雪子は、吉春を憎み母の仇《かたき》を討つために吉春を殺した。

「なにこれ！」

真冬は叫び声を上げた。

たしかに雪子の母がダム湖に転落して死んだことは今朝聞いたが……。

「このタレコミで捜査本部は動きました」

「裏はとってないんでしょ」

「母親殺しはそう簡単には裏なんて取れませんよ。なにせ一五年の前のことですし、吉春は死んでるんですからね。吉春と雪子の父娘《おやこ》関係だってＤＮＡ鑑定を待たなきゃいけない。通常なら二ヶ月はかかりますよ。でも、管理官は『このタレコミを突きつけてゲロさせる』なんて息巻いてね。署長も大乗り気ですよ」

二宮は顔をしかめた。

「自白さえとればいいと思っている刑事は少なくないですね」

真冬も苦々しく思った。

「とにかくこのメールで捜査本部は勢いづきましてね」

「このメールがガセだっていう可能性は低くないと思うけどなぁ」

真冬はガセと感じていた。

こんな詳しい事情をいったい誰が知っているというのだ。

それに父の吉春について語る雪子の態度は、実の娘としか思えなかった。

「メールの発信元はわかっているんですか」

真冬の問いに二宮は首を振った。

「発信元は何重かに秘匿《ひとく》されているようです。少なくとも捜査本部じゃ解明不可能ですね」

「じゃあガセなんじゃないんですか」

期待をこめて真冬は言葉を重ねた。

「ただね、捜査本部が動いたのには、もうひとつの理由があるんですよ」

二宮は浮かない顔で言った。

「なにがあるの？」

「昨夜遅く、地取りの捜査員が大町一丁目の野々村開発の近隣住民から『四月頃、吉春と雪子が会社の駐車場で口論していた』という話を聞き込んできたんですよ」

「なんでいま頃になってそんな話が出てくるんですか」

捜査開始から半年近く過ぎているのだ。

「さぁてね。僕にはわかりません。ふつうは一週間以内につかめる情報でしょう。捜査員はその証言者は留守ばかりで会えなかったと言っているそうです」

「ちょっと不自然な話ね」

真冬には作為的に感じられた。

「で、その住人によると、口論の内容が《最上川源流ベニバナ推進プロジェクト》に関するものらしいんです」

「内容はわかりますか」

「雪子が『野々村開発が《最上川源流ベニバナ推進プロジェクト》から手を引くなんて考えられない』と吉春をなじっていて吉春もつよい調子で反駁《はんばく》していたそうです」

「雪子さんは今年に入って野々村開発が力を入れている事業だって言ってました」

真冬は自分が聞いたことをそのまま告げた。

「そこはいまのところはっきりしないんですが、彼女は環境保護に熱心だったんです。僕自身が調べてわかったんですが、彼女は《最上川源流メガソーラー・プロジェクト》反対運動の旗頭のひとりなんですよ」

「本当ですか？」

真冬は驚きの声を上げた。

「ええ、山形大学のある先生がリーダーとなっているんですが、地元では野々村雪子がリーダー的な立場だったそうです。メンバーの多くは李山や大平などかつて南原《みなみはら》村と呼ばれた米沢市南部の住民たちだそうですが、雪子は地元民に呼びかけ、署名運動やデモも主導しているそうです。僕たちが出会った一昨日も反対運動の会合が近くの公民館で開かれていたそうです」

そう言えば、真冬と二宮が春雁荘を出て行くとき、雪子は会合に出かけていた。

もうひとつ、真冬が耳奥の痛みを感じたときのことを思いだした。

――わたしもその覚悟を持って春雁荘を守ってゆこうと思っています。そしてこの李山の自然も

あの痛みはソーラー事業によって李山や大平の自然が破壊されることを雪子が悲しんでいたためだったのだ。

「後で話しますけど、昨日《最上川源流メガソーラー・プロジェクト》のことで、ちょっとしたトラブルがありました」

ぼんやりと真冬のなかでなにかが動き出した。

「気になりますね、後でお願いします……とにかく山形地裁の米沢支部に捜査差押許可状を発給してもらって、朝の九時には春雁荘を家宅捜索《ガサイレ》したわけです。三〇人態勢なんで僕も引っ張られました。ところが、捜索開始後すぐに凶器と見られるものが、家族用の洗面室の戸棚から発見されてしまったんです」

二宮は眉間にしわを寄せた。

「どんな凶器ですか」

春雁荘での嫌な予感が当たった。

「木槌です。僕も実物を見ましたが、握りこぶしくらいの大きさで血痕が付着していました。雪子は趣味のクラフトで木槌を使うそうです」

真冬は春雁荘の部屋を飾っていた、アンヘンクゼルの数々を思いだした。

「いま鑑識で指紋の検出や、血痕の鑑定をやっています。雪子の指紋や吉春のA型の血液型と合致すれば、逮捕状請求となるはずです。その後で吉春の死体に残った打撲痕との整合性も確認するでしょう。そこまでそろえば野々村雪子は起訴されて有罪となる確率が九九パーセントです」

二宮の話を聞いているうちに、真冬のこころのなかでモヤモヤしていたものにフォーカスが当たってきた。

真冬の胸の鼓動は激しくなっている。

心を鎮めるために真冬は、ほかのことを二宮に訊いた。

「ところで、雪子さんは自供したんですか。一部でも」

不安に感じていたことだ。

「僕は取り調べには関わらせてもらえませんので状況はわかりません。ただ、自供はしていないと思います。そうであれば、なんらかの報告が管理官たちに来るはずです」

真冬は胸をなで下ろした。

「わたしは彼女に『身に覚えのないことは絶対に言っちゃダメ』とくどいほど伝えたのです」

「それはよいアドバイスだ。弁護士みたいですね」

「みんなおんなじこと言うのね」

ほかの事件のときにも何人かが、真冬を弁護士のような発言をすると言っていた。

自分はあたりまえのことを告げているだけなのだが。

「え、誰が言ったんですか」

二宮はきょとんとした顔で訊いた。

「いえ、それはいいんです。昨日のトラブルについてお話ししますね」

「お願いします」

二宮は身を乗り出した。

「昨日、わたしたちは野々村開発に行きましたよね。そこで二宮さんがカマを掛けて、あの会社が《最上川源流メガソーラー・プロジェクト》に参加するって話を聞き出したじゃないですか」

「ええ、そうでした」

「わたし宿に帰ってから雪子さんにその話をしたんです。そしたら、雪子さんは大変な剣幕で怒って湯浅専務に電話したんです。一週間以内に手を引かなければ、専務を追い出すってね」

「そうかぁ、そんなことがあったのか」

二宮はうなり声をあげた。

「ね、二宮さん。わたし、敵は尻尾《しっぽ》を出したと思っています」

真冬は二宮の目を見つめた。

「どういうことですか」

二宮は真剣な顔で訊いた。

「黙っておとなしくしていればいいのに、ジタバタして下手な動きをしたために敵は自分たちの首を絞めることをやっているんですよ」

「詳しく教えてください」

真冬はうなずいて口を開いた。

「動機もあって物的証拠もある。そうだとすれば、あなたの言うように起訴されて有罪とされるおそれは一〇〇パーセント近いですよね」

「そのとおりです」

「だから木槌に付着した血痕は吉春さんのもの。遺体の打撲痕と木槌の形状は一致する。おそらくは雪子さんの指紋も検出されるでしょう」

畳みかけるように真冬は言った。

「ということは、あの木槌は実際に犯行に使われたものなのか……ふつうはすぐに処分するはずですけどね」

ふつうはそうだろう。だが、今回の犯人は違うことを考えていたのだ。

「雪子さんに罪をなすりつけるために犯人は保管していたんですよ。それを使うときが来たというわけです」

「なるほど、そうか、すべて見えてきたぞ」

二宮はパチンと指を鳴らした。

「動機と物証、さらに雪子さんの自供が敵には必要なんですよ」

真冬の言葉に、二宮は大きくうなずいた。

「検事はその三つがそろっていれば起訴します。送検前になんとかしなくちゃ」

二宮の声には危機感が感じられた。

「なんとかしましょう。お手伝いしてくれますか」

熱を込めて真冬は言った。

「言うまでもないことです。なんて言ったって警視監命令ですからね」

「そこじゃなくって」

真冬は失笑した。

「悪徳警官に苦しめられているか弱き女性を救うために、不肖、二宮範男、力を尽くします」

まじめな顔を作って二宮は言った。

真冬は思わず拍手を送った。

そのときスマホが鳴動した。

ディスプレイには今川の名が表示されている。

「待ってた電話が来たようです」
窓の外はすっかり暮れきって宵闇が包んでいた。

3

午後八時、真冬はひとりで野々村開発の外階段を上っていた。
二階の照明は一部を残して落としてある。
入口のドアのチャイムを鳴らすときには、やはりいくらか緊張した。
すぐに濃いベージュのスーツを着た湯浅が現れた。
この時間に訪ねてゆくことは電話で承諾を得ている。
「朝倉さんですね。なかへどうぞ」
湯浅は硬い声で言うと、真冬を招じ入れた。
すぐに入口の扉に設けられているサムターンを施錠した。
真冬は緊張感が増すのを感じた。
窓には焦げ茶色のアルミ製ブラインドが下ろされている。
湯浅は真冬を昨日と同じ応接スペースへと案内した。

「まぁ、お掛けください」

湯浅はそう言いながら、自分は先にソファに座った。

「お忙しいところ、お時間を頂戴して恐縮です」

真冬はソファに座りながら、形式的な謝辞を述べた。

「ほかの従業員を帰してしまいましたので、お茶もお出しできませんが」

わざとらしい笑みを浮かべて湯浅は言った。

ほかに誰もいないのは承知の上だ。

「いえ、どうぞお気遣いなく」

「まず最初に伺いたいのですが、朝倉さんはどういうお立場でここへお見えですか」

真冬の顔を覗き込むようにして湯浅は訊いた。

「あらためましてごあいさつ申しあげます。わたくし警察庁から参りました」

ゆっくりと警察手帳を提示しながら真冬は名乗った。

湯浅は手帳を食い入るように眺めた。

「ほう、警視……米沢丸の内署長と同じ階級ですか。お若いのに」

感心したように湯浅は言った。

「いえ……立場が違いますので」

素っ気なく真冬は答えた。

「それで丸の内署とはどんな関係が？」

まっすぐに真冬を見つめて湯浅は訊いた。

「いえ、丸の内署とは直接は関係がありません」

真冬は首を横に振った。

「では、わたしのところになんのためにお越しになったのですか」

口もとにわずかな笑みを浮かべて湯浅は訊いた。

「わたしは今年五月七日に米沢城趾の上杉神社で殺害された野々村吉春さん殺害事件について調べております」

真冬ははっきりとした発声で告げた。

「前社長の事件ですね。昨日もそのことでお見えでした。いったい、わたしになにが訊きたいのですか」

湯浅は眉間にたてじわを刻んだ。

「まず最初に伺いたいのが、今朝、丸の内署に送りつけられたこのメールです」

二宮から預かったコピー用紙をポケットから取り出して湯浅に渡す。

「なんですか、これは？」

けげんな顔で湯浅はコピー用紙を受けとった。

「まずお読みください」

真冬の言葉に無言でうなずいて湯浅は、コピー用紙に目を通し始めた。

真剣な表情で読んでいるように見える。

「これは……」

コピー用紙から顔を上げた湯浅は言葉を呑《の》み込んだ。

「大変おそろしい内容が書かれています」

真冬は平板な調子で言った。

「誰がこんなメールを送りつけたのですか」

「わたしたちもまだつかめておりません」

「それは困りましたね」

他人事《ひとごと》のように湯浅は言った。

「ここに書かれていることは真実ですか」

真冬は一太刀目を斬りこんだ。

「わたしに訊かれてもお答えできかねますが」

湯浅はあっさりとかわした。

「そうですか？　あなたの知っている事実はないのですね」

湯浅の顔を見つめて真冬は訊いた。

「いや……前社長夫人。つまり、わたしの叔母ですが、叔母の死については事故当時からいろいろと取り沙汰されておりました」

湯浅は言葉を濁した。

「事故ではなく、事件だと？」

「そのような噂も耳にしました。が、あくまで噂です」

湯浅はあいまいな顔つきで答えた。

「では、吉春さんが仙台のホステスと不倫関係にあったということはどうですか」

「さぁ、ただ当時の叔父は、よく仙台には出張しておりましたね」

これはあるいは事実かもしれないが、不倫の事実を証明するものではない。

一種の印象操作だ。湯浅はメールの内容になにかしらの事実があるかのように言っているのだ。

「もうひとつ、雪子さんが吉春さんの娘さんでないということはどうですか」

重要な内容についてはどう答えるだろうか。

「まさかそんなことはないでしょう」

さすがこの問題には触れようとしなかった。

「では、雪子さんが吉春さんを憎んでいたということは？」

「バカな。ふたりは仲のよい父娘でしたよ」

また逃げられてしまった。

「そのメールは野々村一家の家族関係に詳しい人物が書いたとしか思えないのですが、心当たりはありませんか」

真冬は湯浅の目をしっかりと見据えて訊いた。

「思いあたる人物はいませんね」

湯浅に表情の変化はなかった。

この男はなかなか手強い。感情の揺れをほとんど表に出さない。

真冬としては彼にとって嫌であるはずの質問を繰り返して感情的に揺さぶりを掛けているのだが、まったく功を奏していない。

「ところで、わたしは本人から聞いたのですが、あなたは雪子さんに無断で、野々村開発の《最上川源流メガソーラー・プロジェクト》への参加を決めたそうではないですか」

二太刀目だ。

「それは事件とは関係のないことですよ」

不愉快そうに湯浅は答えた。

「そうでもないと思いますよ。雪子さんはあなたが計画への参加を撤回しない限り、この会社を出ていってもらうと告げたはずですが」

湯浅の眉がピクリと動いた。

「雪子社長は一時的にそんなことを言っていましたが、わたしはこの計画の有用性について説得するつもりです」

「あなたにとって、雪子さんは邪魔な存在となったわけですね」

畳みかけるように真冬は訊いた。

「バカを言ってもらっちゃ困ります。そもそもこの会社は彼女のものだ。それに彼女に追い出されたとしても、わたしには働く場所はいくらでもあるのです」

湯浅は鼻の先で笑った。

なかなか尻尾を出さない男だ。

真冬は三太刀目をくらわすことにした。

「あなたは野々村吉春さん殺害事件にどのように関わったのですか」

直球を投げつけた。

「わたしはあの事件によって苦労していますよ。昨日もお話ししましたが……」

湯浅はしれっとした顔で答えた。

「わたしの質問の意味を取り違えているようですね。あなたが吉春さんの死にどう関わったかを訊いているのです」

真冬はつよい口調で言った。

「失礼なことをおっしゃいますね。まるでわたしが前社長を手に掛けたような言い方ではないですか」

湯浅はつばを飛ばした。

「ええ、そう思っています」

真冬ははっきりと言った。

「無礼だぞ。なんの証拠があって、そんな世迷い言を言うんだ」

はっきりと湯浅は声を荒らげた。

ようやく湯浅を感情的にすることができた。

「証拠はこれからいくらでも収集できると思いますよ」

真冬は含み笑いを浮かべてみた。

「バカを言っちゃ困る。わたしにはあの日のれっきとしたアリバイがあるんだぞ」

湯浅は歯を剝きだして反駁《はんばく》した。

「そのアリバイは崩れました」

真冬はきっぱりと言い切った。

「ほう、おもしろいことを言うな。どう崩れたんだ」

湯浅は頰を震わせながらも、平然とした声でうそぶいた。

「わたしの部下が警視庁の捜査員を動員してあなたの主張の裏づけをとり直しました。結果としてあなたのアリバイは成立しないことが判明しました」

真冬は明確な発声で告げた。

「適当なことを言うなっ」

湯浅は怒鳴り声を出した。

「では、説明しましょう。あなたは五月六日のつばさ一九二号で東京に向かいました。午後六時一八分米沢発で東京には八時二八分に到着します。東京駅八重洲口から徒歩五分の《八重洲ツーリストホテル》に九時頃チェックインしたことに間違いはないです。ホテルのフロント係が証言していますし、デジタル宿帳にも記録が残っています。

正確には九時一二分です」

「そうだろう。問題はないはずだ」

湯浅は身体をそらした。

「問題は翌日なんですよ。そう事件当日です。あなたは一日仕事をして《コットンフィールド》でLA5のライブを見たと言っています。たしかに開場直後の五時五分にあなたは《コットンフィールド》に入場しています。これも記録が残っています。このライブは五時半開演八時半終演でした。ライブ終了後には丸ビルの居酒屋二軒で飲み、深夜〇時頃にはホテルに入ったというのがあなたの主張ですね。ホテルの従業員はたしかにあなたが一一時五〇分にホテルに入ったと証言しています」

真冬の言葉を湯浅はさえぎった。

「だからなんの問題があるんだ」

不愉快そのものの表情で湯浅は訊いた。

「あなた、フロントでクレームつけたそうですね。部屋に入ったら洗面所に女の髪の毛が残っていた。清掃員のものだろうが不潔だって」

「そんなの文句つけてあたりまえだろう」

当然だという顔で湯浅は言った。

「あの晩はチェックイン手続きがないから記録に残りませんよね。クレームが入ったからこそ、ホテルのフロントはあなたのことを覚えているんですよ。だけど、そんな髪の毛いくらでも用意できますよね」

「ふざけたことを言うな」

湯浅は憤然とした顔で答えた。

「いいですか、あなたが東京にいたことが確実なのは午後五時五分のライブハウスへの入場と午前〇時前のホテルへの帰還だけなんですよ。つまり、あなたの行動のなかでなんと七時間弱も不明な時間があるんです。まったく捜査本部はどんな捜査をしていたんでしょうね」

皮肉っぽい調子で真冬は言った。

「そんなことは俺の知ったことじゃない」

湯浅は声を尖らせてうそぶいた。

「ところで東京駅発午後六時ちょうどのつばさ一五三号山形行きは米沢には八時一〇分に到着します。さらに米沢発午後九時一七分つばさ一六〇号は終電ですが、東京駅には一一時二八分に着くんですよ」

真冬の言葉に、湯浅は一瞬沈黙した。

「だからなんなんだよ」

「つまり、あなたは午後八時一〇分から九時一七分まで約一時間は米沢に滞在できたというわけです」

湯浅の目をまっすぐに見て真冬は告げた。

「俺が七日の日に東京から米沢を往復したと言いたいのか」

「ええ、そう言ってます」

「そんなバカなこと言っても無駄だ。俺はＬＡ５のライブで演奏されたすべての曲を覚えているんだぞ」

「オープニングは『オール・オブ・ミー』でアンコールは『パリの四月』ですよね。でもね、こんなのアリバイになりませんよ。あるファンが当日のライブのセットリストをＳＮＳにアップしています。あなはそれを見たんじゃないんですか」

真冬の言葉に湯浅は一瞬、顔色を変えたが、すぐに平静な表情に戻った。

「机上の空論だ。だいたい駅から事件の起きた上杉公園までは片道二キロもあるんだぞ。歩いて往復したらそれだけで一時間掛かってしまう。タクシー会社にも訊いてみるがいい」

湯浅は鼻からふんと息を吐いた。

「そうでしょうか。あなたは東京出張に行く際に駅前のコインパーキングに三日間、アルファードを駐車していましたね」

これは捜査資料に記載されていた事実だ。

「記録を見ればわかるはずだ。事件当日にクルマは動いていない」

自信たっぷりに湯浅は言った。

「そう、アルファードは動いていない。あなたはクルマに自転車を積んでいたんです」

「なんだって」

湯浅の声は裏返った。

「駅から上杉神社の現場までは自転車なら往復二〇分です。四〇分あれば、おまつり広場の公衆電話から呼び出した野々村吉春さんと、話し合いをした上に犯行を実行できますよ」

真冬は決めつけた。

「俺が呼び出したって、野々村がすぐに出てくるとは限らんだろう」

青ざめた顔で湯浅は苦しげに抗弁した。

「あなたは、野々村吉春さんがすぐに来るような内容を喋ったのでしょう」

「いったいなんの話だ」

「あなた自身がよく知っているのではないですか」

真冬の言葉に湯浅の顔色はさらに悪くなった。

「駅員に訊いてみろ。駅員はみんな俺の顔を知ってるぞ。それに防犯カメラを調べてみるんだな。俺が改札を出るところなど映っていないはずだ」

それでも湯浅は反駁してきた。

「駅の防犯カメラは一番線ホームに二基と、全方向型のカメラがコンコースに一基あります。わたしはあなたが電車到着と同時にほかの乗客に紛れてホームの東京側にある喫煙所に入って、改札時刻をやり過ごしたのではないかと思っています。そしてこっそり喫煙所の窓から駅の外に出る。出たところがあなたが駐車していたコインパーキングです。そうだとすれば、喫煙所に入ったきり出てこない降車客は防犯カメラに映りますが、カメラの設置位置からは遠いですし、監視している駅員も見過ごす可能性は高いです。犯行後の東京への移動の際はまったく反対の方向で動いたのでしょう」

湯浅は真冬の顔を見ながらもなにも答えなかった。

「そもそもJR東日本は、肖像権の問題などから防犯カメラのデータ保存期間を数日間としています。捜査本部がすぐにデータを入手しない限り、あなたの駅での行動はチェックされません。今回、捜査本部がデータを入手したという記録はないのです。

上杉氏の城下町の殺人事件と新幹線を結びつけた捜査員はいなかったようですね。捜査は最初からいい加減だったんです。でもね、あなたにターゲットを絞った捜査を始めれば証拠はいくらでも出てくるんですよ」

真冬の言葉が終わってもしばらく湯浅は沈黙していた。

「俺がなんで野々村を殺さなけりゃならないんだ」

やがて湯浅はうめくように言った。

「わたしは経理上の問題ではないかと思っています。あなたは不正をしていたのでしょう。この件については、近く山形県警本部の捜査二課に連絡して捜査してもらうつもりです」

業務上横領を真冬は疑っていた。

「意味がわからん」

湯浅はかすれた声で言った。

「そうでしょうか。捜査の結果は明らかだと思いますよ。野々村さんはあなたに自首を迫っていたのではないですか。彼を現場へ呼び出すときも『これから自首するから警察まで従《つ》いて来てくれ』などと言えば、すぐに駆けつけたのではないでしょうか」

真冬は確信していた。

湯浅は無言で真冬を睨《ね》めつけている。

「あなたは雪子さんも陥れた。今朝早く丸の内署にあの過激な内容のメールを送ったのもあなただと思っています。雪子さんに吉春さん殺しの罪をかぶせるために彼女の動機作りを図ったのではないですか」

つよい口調で真冬は問い詰めた。

「わたしは知らんぞ」

湯浅はそっぽを向いた。

「もうひとつ、昨日、丸の内署の捜査員が野々村開発の近隣住民から聞き込んだ話というのもあなたの仕込みではないですか」

「なんの話だ」

真冬の言葉に、湯浅は空とぼけた。

「四月頃、雪子さんと吉春さんが会社の駐車場で口論していたという話です。野々村開発が《最上川源流ベニバナ推進プロジェクト》から手を引くと吉春さんが言って、雪子さんと言い合いをしていた。いまごろになって住民が証言したのはまったく不自然な話です」

「わたしのあずかり知らぬことだ」

湯浅の顔色はいまや紙のように白くなっていた。

「あなたは雪子さんに野々村開発を追い出されそうになって悪あがきしたんです。証拠は次々に見つかりますよ。そもそもあなたは頭がいいのに、すべて詰めが甘いんです。わたしの推測では捜査本部に協力者がいるんで強気でいたんでしょうけどね」

真冬は湯浅の目をしっかり見据えて続けた。

「おかしなことを言うな」

湯浅の全身は小刻み震えている。

「湯浅さん、いい加減に自分の罪を認めたらどうですか」

真冬は声をきわめて湯浅に迫った。

「ひとつ訊いていいか？」

湯浅は真冬を見据えた。

「なんでしょう」

「いまの屁理屈をすべて組み立てたのはあんただな。ほかに知っているヤツはいるのか」

嫌な目つきで湯浅は訊いた。

「いまのところあなたの書いたシナリオをすべて追いかけたのはわたしだけです」

「ほう、そうか」

湯浅の顔に凶悪な色が走った。

カフェテーブルの下に手を伸ばした湯浅は一振りのナイフを取り出した。

柄を握って逆手に構える。

切っ先は真冬の顔に向けられた。

照明にブレードがギラリと反射する。

「なにをするのっ」

真冬は叫んだ。

「残念だが、あんた頭がよすぎるんだよ。あんたの頭が消えちまえば、すべての筋書きも消えるってわけだ」

湯浅はせせら笑った。

「バカなことはやめなさい。いまさらわたしを殺したって罪から逃げられませんよ」

湯浅はナイフを振りかぶるような姿勢をとった。

「うるさいっ」

大音声に湯浅は叫んだ。

待ち望んでいた展開だ。

湯浅は完全に尻尾を出してくれた。

ガシャーンと入口ドアの割れる音が響いた。

「なんだ？」

湯浅はひるんだ。

次の瞬間、黒い影がドアを開けて飛び込んできた。

「湯浅忠司、おまえを公務執行妨害罪の現行犯で逮捕する」

二宮は拳銃を構えて銃口を湯浅に向けている。

「武器を捨てろ。捨てないと撃つ」

激しい二宮の声に、湯浅はナイフを床に捨てた。

硬い音が響いた。

「朝倉さん。ナイフを拾ってください」

二宮の言葉に真冬はあわててソファから立ち上がりナイフを拾い上げた。

「よしっ」

二宮は拳銃を腰のホルスターにしまった。

湯浅は逃げようともがいた。

あっという間に二宮が、湯浅の右手をつかんでひねり上げた。

「痛《い》ててっ」

湯浅の悲鳴が聞こえる。

二宮は右手にさっと手錠を掛けた。

「そうだ。わたしのもうひとつの推理だけど、一昨日、あなたは春雁荘に行きましたね」

「雪子がWｉ－Ｆｉの調子が悪いって言うから直してやったんだ」

苦しい息の下から湯浅は答えた。

「そのときあなた、凶器の木槌を春雁荘の家族用洗面所の棚に隠しましたね。タオル類を積んだ奥から出てきたそうですが」

「俺は知らん」

「観念なさい。タオル類からあなたのＤＮＡも検出できるはずよ」

「そんなことが……」

湯浅は肩を落とした。

「野々村のヤツめ、俺を警察に突き出すなんて言いやがって。たかだか二〇〇万つまんだだけじゃないかっ」

湯浅は音が聞こえそうなくらいの勢いで歯嚙みした。

「業務上横領のほうが罪は軽かったですね」

「うるさいんだよ、クソ女っ」

湯浅は歯を剝きだして毒づいた。

「あきらめてすべて本当のことを言うのね」

湯浅に向かって真冬は高らかに言った。

4

真冬と二宮は手錠を掛けた湯浅を連行して、米沢丸の内署の講堂に入っていった。

「失礼しまーす」

二宮は講堂内に向かって元気よく声を出した。

捜査員たちがあっけにとられた顔で見ている。

「二宮、その男はなんだ」

痩せて血色の悪い五〇男が不審な声で訊いた。

「仙石管理官、野々村吉春さん殺害事件の被疑者で会社役員の湯浅忠司を連行しました」

しゃちほこばって二宮は報告した。

「な……に……」

仙石管理官は言葉を失った。

その顔つきを見ると、仙石管理官は湯浅と結託はしていないようである。

「任意同行してきた野々村雪子さんは逮捕しましたか」

二宮は大切なことを訊いてくれた。

「いや、まだ逮捕していない」

仙石管理官はちいさく首を横に振った。

「それはよかった。誤認逮捕になるところでした。すぐに身柄を解放してください」

二宮は堂々と要求した。

警察は徹底した階級社会である。

警部補が二階級上の警視にこういう発言をすることはふつうには許されない。

「おい、待て。おまえの言ってることはわけがわからん。本当にこの男の犯行なのか」

仙石管理官の問いに答えたのは二宮ではなく湯浅だった。

「ああ、そうだ。さっさと送検しろ」

湯浅がふて腐れたように叫んだ。

「生意気なことを言うな。これから取り調べだ」

腹立たしげに仙石管理官は言った。

「だけど、教えてやるよ。署長も刑務所に道連れだ。それに署長の腰ぎんちゃくやってたあんたも処分は受けるはずだ」

湯浅は鼻の先にしわを寄せて笑った。

「なんだとう」

仙石管理官は目を剝いて叫んだ。

「おい、二宮、その女は誰だ？」

仙石管理官は真冬をねめつけた。

「はじめまして。警察庁の朝倉真冬と申します」

真冬はていねいにあいさつした。

「警察庁？　警察庁職員には逮捕権限などないはずだぞ」

不審な声で仙石管理官は言った。

「いえ、湯浅忠司を逮捕したのは二宮警部補です。わたしはあなた方の調査に来ました」

　真冬は淡々と用件を告げた。

「調査だと？　とにかく手帳を見せてくれ」

　急《せ》き込むように仙石管理官は言った。

「どうぞご覧ください」

　真冬は仙石管理官に歩み寄って警察手帳を開いて証票をしっかりと提示した。

「警視……失礼だが、あなたはどちらの部局ですか」

　急に言葉がていねいになった。

「はい、長官官房です。わたしは長官官房審議官の明智光興警視監の命令でここへ参りました」

　にこやかに真冬は答えた。

「なんですって！」

　仙石管理官は目を見開いて叫んだ。

「いま二宮警部補が言われたように、直ちに野々村雪子さんを釈放してください。野々村吉春さん殺しの被疑者はわたしにナイフをちらつかせた容疑で二宮警部補が現行犯逮捕した湯浅忠司です。本人も自供していますよね」

　真冬はくどいくらいに強調した。

「おい、誰か取調室に行って野々村さんをお連れしてこい」

仙石管理官は声を張り上げた。

「了解です」

ひとりの私服捜査員が小走りに去った。

しばらくすると、出て行った捜査員が雪子を伴って帰ってきた。

思ったよりも元気そうで真冬は安心した。

「え？　え？　真冬さん？」

雪子は、なぜ真冬がここにいるのか理解できないようだ。

それはそうだろう。

「あなたを釈放してくれたのは朝倉さんなんですよ」

まるで自分のことを自慢するように二宮は言った。

「二宮刑事さん……本当なの？」

疑わしげに雪子は訊いた。

「本当ですよ、それからあなたのお父さんを手に掛けたのも、あなたをえん罪に落とそうとしたのもこの湯浅忠司です」

二宮は湯浅を指さしていった。

「忠司さん……そんな……ひどい」

雪子は言葉を失った。

「早く連れてけぇ」

湯浅は天井へ顔を向けてがなった。

「さぁ、来るんだっ」

ひとりの捜査員が湯浅の背中を小突いて連れ去った。

「信じられない」

雪子は湯浅の背中を見つめてぽつんと言った。

「悲しいね」

真冬は雪子の肩に手を掛けた。

真冬の胸にちょっと顔を埋めてから、雪子はさっと身を離した。

「あなたのおかげで自由になれたのね。ありがとう」

雪子は頭を下げた。

「これが当然なの。雪子さんが拘束されているなんて絶対おかしかったんだよ」

真冬は力づよく言った。

「真冬さん、刑事さんだったの？」

不思議そうに雪子は訊いた。

「いいえ、刑事じゃないの。警察庁って役所の職員」

言い訳するように真冬は答えた。

「そうなのね」

ちょっと淋しげに雪子は言った。

身分を偽っていたことに真冬はこころの痛みを感じた。

だが、それが自分の仕事なのだ。

「ね、雪子さん。あの変なメールぜんぶウソだからね。信じちゃダメだよ」

真冬はいちばん気に掛かっていたことを告げた。

「最初から信じていないよ」

ケロッとした顔で雪子は答えた。

「どうして？」

真冬は不思議だった。

「だってお母さんが亡くなったとき。お父さん、わたしのことを久里学園高校近くの学習塾まで迎えに来てたんだよ。いつもは大平に住んでた同級生のお父さんが迎えに来てくれたんだけど、その日はちょっと都合が悪かったんだ。ちょうどお父さんが来た頃にお母さん亡くなったの」

「そうだったの」

「お母さんのクルマが落ちた時間は、水窪ダムの近くでブラックバスを夜釣りしていた人が午後九時過ぎだったって証言している。塾と水窪ダムとは、山道だから一時間以上は掛かる。だからメールの内容はぜんぶウソだってすぐにわかったよ。だいたい、わたしとお父さんが実の父娘じゃないなんて信じるわけないでしょ。わたし噴き出しそうだったよ」

ふふふと雪子は笑った。

雪子が犯人だと警察を騙《だま》すだけのつもりだったから、湯浅は野々村吉春の当夜の行動までは把握していなかったのだろう。急場に作ったウソ話にほころびが出るのはあたりまえだ。

「よかった」

真冬は雪子が傷つかなかったことが嬉しかった。

「仙石さん、雪子さんにきちんと謝罪してください」

真冬は仙石管理官に向かってきつい声を出した。

自席から離れた仙石管理官は、雪子が立つ場所のそばまで歩み寄った。

「大変申し訳ありませんでした。我々のミスで大変つらい思いをさせてしまいました」

仙石管理官は深々と頭を下げた。

「いい経験になりました。もう二度と経験したくないですけど」

雪子はまじめな顔で言った。皮肉ではないようだ。

仙石管理官は言葉を返せず、黙って頭を下げた。

「じゃあ、わたし春雁荘に戻ってるから。真冬さん、お仕事終わったら帰ってきてね」

明るい声で雪子は言った。

「うん、夕飯はカップ麵でいいよ。お風呂楽しみにしてるね」

真冬はにこやかに答えた。

「了解です」

雪子は手を振りながら講堂を出ていった。

「矢野正俊署長にお目に掛かりたいのですが、いらっしゃいますか」

声をあらためて真冬は仙石管理官に訊いた。

「はい、署長室におります」

仙石管理官は几帳面に答えた。

「僕がご案内しますよ」

二宮が先に立って歩き始めた。

「ああ、言い忘れていましたが、仙石管理官、あなたも任務懈怠により処分を受けることになると思います」

真冬は仙石管理官に向かって辛らつな言葉を突きつけた。

「そ、そんな……」

仙石管理官は真っ青になって震え始めた。

かるく一礼すると、真冬は小走りに二宮のあとに続いた。

エレベーターで二階に降りると、二宮はいちばん奥の部屋へと歩みを進めた。

「失礼します」

署長室の前で二宮が声を掛けると室内から「入りなさい」と答えが返ってきた。

部屋の奥で机に置いた書類に目を通している六〇歳近い男が矢野署長だった。

髪の毛は薄く筋肉質で首が太い。

「君たちは？」

矢野署長は顔を上げて訊いた。

「警察庁長官官房の朝倉真冬と申します」

真冬は先に所属と氏名を告げた。

「捜査一課の二宮範男です」

続けて二宮も名乗った。

「長官官房だと……警察庁の……で、いったいなんの用なんだね」

矢野署長は一瞬目を剝いたが、すぐに平静な表情に戻って訊いた。

「わたくしは地方特別調査官の職にあり、官房審議官の明智光興警視監の命令でここへ参りました」

「警視監……なぜ、わたしのところへ……」

かすれた声で矢野署長は尋ねた。

「あなたも警察官ですから、警察庁調査官であるわたしが、無駄にここに来ていないことは理解できると思います」

真冬は静かな口調で告げた。

「どんなことを調査しているのか知らんが、なにかの間違いだろう」

平静な調子に戻って矢野署長は答えた。

「今年五月七日に本署管内で発生した会社社長野々村吉春さん殺害事件に関する調査

をしております」

「それで？」

矢野署長の頬の肉が引き攣《つ》ったように見えた。

「先ほど身柄を拘束した同事件の被疑者、湯浅忠司の申し立てが、事実であるかを確認したいのです」

矢野署長は両目を瞬いた。

「湯浅……被疑者は任意で引っ張った野々村雪子という女だと聞いているが」

とぼけた顔で矢野署長は答えた。

「それは署長がえん罪に陥《おとしい》れようとした女性の名前です」

真冬はつよい口調で言葉を突きつけた。

「君はなにを言っているのかね」

怒りの声で矢野署長は言った。

「湯浅は署長と共謀して同事件を隠蔽《いんぺい》したと申し立てております。あえて誤った捜査指揮をとったことがありますね」

真冬は厳しい口調で決めつけた。

「あるわけないだろう」

憤然と矢野署長は鼻を鳴らした。

「これは現在、わたしの部下が詳細を調査しておりますが、あなたの義兄に当たる山形県議会の箸尾《はしお》高也《たかや》議員は《最上川源流メガソーラー・プロジェクト》の旗振り役ですね」

これは今川が現在も調べている内容だった。

「そうだが……それがどうしたのかね」

「あなたと箸尾議員は反対運動のリーダー格である野々村雪子さんの存在が邪魔だったのではないですか。それで彼女をえん罪に陥れて排除しようとした。違いますか」

「なにをわけのわからんことを言っているんだ」

矢野署長は声を震わせて答えた。

「わたしが抱いている嫌疑についてお話しします。箸尾議員をはじめとする《最上川源流メガソーラー・プロジェクト》推進派の人々は、野々村吉春さんの殺害事件の解明をおそれたのではないでしょうか。犯人の湯浅忠司は地元米沢における実質的な推進役だった。湯浅が殺人罪で検挙されれば、計画そのものにブレーキが掛かります」

「そんなことはわたしには関係がない」

あらがう矢野署長を無視して真冬は続けた。

「その上に吉春さんの娘さんである雪子さんは反対運動の旗手でした。推進派の湯浅が逮捕されれば、地元で反対運動が盛り上がるおそれがあった。だからあなたは事件の迷宮入りを図ったのです。おそらくは箸尾議員の利益を守るためだったのではないですか。さらに、自分を検挙しないでくれとの湯浅からの懇請《こんせい》もあったはずです。そこで、捜査指揮を歪めた。湯浅に捜査の目が向かないように画策したのです。わたしは捜査資料を入手して調べましたが、湯浅のアリバイの裏をしっかりとっていないことだけでも捜査の歪みを感じます。たとえば、米沢駅の防犯カメラも通り一遍の捜査しかしていないではないですか」

真冬は矢野署長の目を見据えて問い詰めた。

「そ、それは捜査本部の能力の問題だ。能力の劣る捜査員が少なくないからだ」

舌をもつれさせて矢野署長は答えた。

「残念ながら、いま述べた事実も湯浅が申し立てています」

真冬の言葉に矢野署長は両の目を吊り上げた。

「バカなことを言うな。湯浅などという男の言い分など信じられん」

矢野署長は目を三角にして反駁した。

「湯浅は《最上川源流メガソーラー・プロジェクト》関係者のなかにさまざまな問題

があることも示唆《しさ》しています。たとえば違法な談合準備なども行われているようですね。この計画には多々の疑惑があるようです。あなたもそうした違法行為に加担していると湯浅は申し立てています。すべてが明るみに出れば、あなたは職を失うどころか、検挙されるおそれもあるのではないですか。つまりあなたと湯浅は一蓮托生なのです。あなたの嫌疑はこれからの捜査で明らかになることでしょう」

真冬は矢野署長を見据えて、核心部分を突きつけた。

「君は自分がなにを言っているのかわかっているのか」

矢野署長の声が裏返った。

「さらに、湯浅の申し立てによれば、矢野署長に何度も現金を渡したということですが」

重ねて真冬は厳しい声を出した。

「いい加減にしなさいっ」

矢野署長は眉を逆立てて怒鳴った。

「今回、野々村雪子さんをえん罪に陥れるためにも、あなたは手を打ったのです。わたしが吉春さん事件の追及をはじめた。また、雪子さんは湯浅を野々村開発から追い出そうとした。あなたも湯浅も追い詰められてきた。だから、湯浅と共謀して雪子さんを父親殺しの罪で引っ張った。でも、彼女に罪をかぶせようなんてずいぶんと拙速な手段を選んだものです。その捜査指揮もあなたによるものですね」

「あまり無礼なことを言うと侮辱罪で立件するぞ」

机の上で矢野署長の両手が怒りに震えている。

「わかりました。では、本件は山形県警本部の首席監察官に預けることにしましょう」

「な、なにを」

矢野署長はそれきり絶句した。

「すべての資料を長官官房で整え次第、審議官名で首席監察官に送付します」

冷徹な口調で真冬は告げた。

「ま、待ってくれ」

矢野署長は右の掌を突き出した。

「いいえ、待つわけにはいきません。賄賂を受けとり無実の女性を罪に落とそうとした罪は大変に重いです。警察官としてこれ以上に悪質な行為はありません。恥を知りなさいっ」

真冬は声を張り上げた。

「そんな……」

矢野署長は机に突っ伏して頭を抱えた。

「とにかく無事に定年を迎えることはできませんよ。首を洗って待っていなさい」

最後に言い残すと、真冬はきびすを返して署長室を出た。

「朝倉さん、かっこいいですね」

二宮が嬉しそうに言った。

「これがわたしの仕事なの」

真冬は肩から力を抜いて答えた。

疲れた身体を早く春雁荘の風呂で癒したかった。

エピローグ

ずっと晴天が続いていた。

米沢を去る日も雲ひとつない青空がひろがっていた。

真冬は午前一一時三八分発のつばさ一三八号で帰ることになった。

東京着は午後一時四八分なので、昼食は弁当になる。

だが、真冬のザックには、雪子が作ってくれた牛肉すき焼き弁当が入っていた。車内で開けるのが楽しみだった。

ホームに入ってすぐに真冬は防犯カメラの位置を確認し、喫煙所へと向かった。

二宮が確認してくれていたが、自分の目でも見てみたかった。

「この窓から出たのか」

喫煙室を出ると雪子と篠原が不思議そうな顔で真冬を見ていた。

「朝倉さん、たばこ吸いましたっけ」

篠原は首を傾げた。

「いいえ、そうじゃないんですけど」

真冬はあわてて顔の前で手を振った。

「真冬さん、本当にありがとうございました。あなたはわたしを助けてくれた。そしてすべてのことを明らかにしてくださった。こころから感謝しています」

雪子は深々と頭を下げた。

「わたしは自分のやるべきことをやっただけ」

真冬は照れて肩をすぼめた。

「真冬さん、米沢の印象ってどんなかな？」

雪子が唐突に難しいことを訊いてきた。

「米沢牛と鯉料理、日本酒とワインに温泉かな」

我ながら情けなくなる。快楽志向の答えしか出てこない。

「あはは、兼続公や鷹山公が消えちゃったね」

雪子は声を立てて笑った。

「えへへ……わたしね、米沢ってひと言で言ってどんな街かなってずっと考えてたの」

これは本当だ。米沢の不思議な魅力はなかなか言葉にしにくい。

「答えは出た？」

ほほえみを浮かべて雪子は訊いた。

「うん、人の思いが美しい歴史を作ってきた街だと思うんだ。あたりまえだけど、街は人なりだね」

まともな答えではないが、正直な言葉だった。

「じゃあ、これにわたしの思いを託すね」

雪子は手提げの紙袋から茶色っぽいものを取り出して真冬に見せた。

大きな松ぼっくりに木の実の花束が載っている。

「アンヘンクゼルだ！」

真冬は思わず歓声を上げた。

「ドイツトウヒはもっと標高の高い山のだけど、シュトラウスに使った木の実は、春雁荘のまわり三〇〇メートルでひろったもので作ってみたの。昨夜、真冬さんが寝てから急いで作ったからデキが悪いかな」

これは謙遜だ。とても素晴らしいアンヘンクゼルだ。

雪子の自分への思いに真冬の目はかすんだ。

「ありがとう。大切にするね」

真冬はこころからのお礼を言った。

「僕の朝倉さんへの思いです」

篠原は紙袋から真紅の布を取り出して真冬の首に巻いた。

「これって……紅花染のスカーフ」

真冬は感激のあまり言葉が出てこなかった。

「とてもいい紅に染められた紅花染の絹布があったんで、昨日、急いで縫い上げたんです。どうか使ってください」

やわらかい口調で篠原は言った。

「こんな素敵なものを頂いちゃ悪いです」

伏し目がちに真冬は答えた。

「いいえ、これからの寒い季節、僕の作品が朝倉さんの首もとをあたたかくできるのなら、本当に嬉しいです」

なんて素敵な言葉だろう。

「え……そんな」

真冬は全身が熱くなった。

澄んだ篠原の瞳を見つめていると、心地よいものがふわりと自分を包む。

ひたむきでやさしい篠原のような男と一緒にすごせたら、きっと幸せな日々を送れるだろう。

一瞬、真冬はあの工房を支える自分を夢想してしまった。

「おお、間に合った」

息せき切って駆けつけたのは二宮だった。

「二宮さん、来てくれたんですね」

今回の事件の解決には二宮の力に負うところが大きかった。

いつも明るく親切だった二宮には感謝しかない。

「いや、昨日から書類作りが忙しくてほとんど寝てないんですよ。結局、僕が湯浅の身柄確保しちゃったじゃないですか」

そこまで言って二宮はハッと口をつぐんだ。

雪子にとって湯浅は実の叔父であるのにもかかわらず父を殺し、自分を罪に陥れようとした人間だ。彼女はなにも語らないが、こころの奥には大きなつらさを抱えているに違いないのだ。

「朝倉さんにお会いできたことは、僕の刑事人生のなかでも最高にスリリングなできごとでした。どうか出世して山形県警にお出でになって刑事部のトップになってください」

まずいことを言うなと真冬は内心で舌打ちした。

「えっ？　あの……朝倉さんってライターさんですよね」

篠原が驚きの表情を浮かべた。

彼には本当の身分を明かしていなかった。

「……冗談ですよぉ。いや、朝倉さん、これから山形県警に入ってもらいますかね」

まずいと思ったらしく、二宮は不自然そのものの言い訳をした。

「そうだ……あの……朝倉さんにお伝えしたいことがあって……」

篠原が照れたように笑った。

「なんでしょう」

真冬はにこやかに言葉を返した。

「森島先生と僕の工房を春雁荘の敷地内に移してもらえそうな話が持ち上がってるんですよ」

嬉しそうに篠原は言った。

「え……」

一瞬、篠原の言葉の意味がわからなかった。

「で、でも森島先生は城下町から出たくないって……」

この質問をぶつけるしかなかった。

「それがね、先生、春雁荘のこと前から気に入ってるんですよね。もともと温泉大好きですし」

笑みをたたえて篠原は続けた。

「なるほど、それはいいかもしれませんね」

ほとんど平板な声で真冬は答えた。

「今回のことで、わたしもそばに正之さんがいてくれたら心強いなって思ったんです」

いつの間にか、雪子は篠原をファーストネームで呼んでいる。

「そ、そうなの。おめでとう」

真冬はもつれた舌で祝いの言葉を述べた。

「いやぁ、まだ始まったばかりなんですけどね」

篠原は決定的な言葉を口にした。

米沢で、真冬がいちばん好きな女といちばん好きな男が愛し合う。

それは素晴らしいことだ。

だが、逆に言うと、真冬は米沢で得たすべてを失うのかもしれない。

真冬の全身を秋風が吹き抜けてゆく。

つばさ一三八号が入線してきた。

「もしかして朝倉さん、篠原さんに思し召しがあったんじゃないんですか」

二宮がこそっと耳もとでささやいた。

「そんなことないですっ」

思わず強い言葉が出てしまった。

刑事の勘はあなどれない。

真冬は首にストールを巻き、右手にはアンヘンクゼルの入った紙袋を提げて一二号車に乗り込んだ。

「ありがとう。皆さん、本当にありがとう」

デッキのところで三人の見送り人に手を振り続けた。

「真冬さん、また絶対に米沢に来てねー」

雪子が声をきわめて叫んでいる。

皆が手を振り続けるなか、発車アナウンスとともにドアが閉まった。

ホームの三人はあっという間に見えなくなってしまった。

米沢、うるわしい街、米沢。

真冬はこの街の人の思いを生涯忘れないだろうと思った。

線路沿いに植えられた杉の木と真っ赤に紅葉したナナカマドが続く。

青空のもとで吾妻の山並みに向かって走り続けるつばさ号のなかで、真冬のこころは静かに澄んでゆくのだった。

取材協力　染織工房　わくわく館

この作品は徳間文庫のために書下されました。
なお本作品はフィクションであり実在の個人・団体などとは一切関係がありません。

徳間文庫

警察庁ノマド調査官 朝倉真冬
米沢《よねざわ》ベニバナ殺人事件《さつじんじけん》

2023年3月15日 初刷

著者 鳴《なる》神《かみ》響《きょう》一《いち》

発行者 小宮英行

発行所 株式会社徳間書店

東京都品川区上大崎三―一―一 〒141―8202
目黒セントラルスクエア

電話 編集〇三(五四〇三)四三四九
販売〇四九(二九三)五五二一

振替 〇〇一四〇―〇―四四三九二

印刷 製本 大日本印刷株式会社

ISBN978-4-19-894842-9 (乱丁、落丁本はお取りかえいたします)

徳間文庫の好評既刊

痣《あざ》　伊岡瞬

平和な奥多摩《おくたま》分署管内で全裸美女冷凍殺人事件が発生した。被害者の左胸には柳の葉のような印。二週間後に刑事を辞職する真壁修《まかべおさむ》は激しく動揺する。その印は亡き妻にあった痣と酷似していたのだ！　何かの予兆？　真壁を引き止めるかのように、次々と起きる残虐な事件。妻を殺した犯人は死んだはずなのに、なぜ？　俺を挑発するのか——。過去と現在が交差し、戦慄《せんりつ》の真相が明らかになる！